판렙 플레이어 4

비츄 게임 판타지 장편소설

초판 1쇄 찍은 날 | 2018년 5월 10일
초판 1쇄 펴낸 날 | 2018년 5월 17일

지은이 | 비츄
펴낸이 | 예경원

기획 | 위시북스
편집책임 | 이규재
편집 | 이즈플러스

펴낸곳 | 예원북스
등록번호 | 제396-2012-000132호
등록일자 | 2012. 7. 25
KFN | 제1-256호

주소 | 경기도 고양시 일산동구 호수로 646-24 위너스21 II 빌딩 206A호 (우)10401
전화 | 031-819-9431 팩스 | 031-817-9432
E-mail | yewonbooks@naver.com

ISBN 979-11-6098-940-3 04810
       979-11-6098-880-2 (set)

4
만렙 플레이어
WISHBOOKS GAME FANTASY STORY
비츄 게임 판타지 장편소설
Wish Books

CONTENTS

1장
르우만 전투

　르우만 골짜기는 말 그대로 골짜기의 형태다. 물이 말라버린 골짜기의 형태. 전체적인 형상은 호리병 모양으로 생겼다. 입구는 좁고 안쪽은 넓은 공터로 이루어져 있다. 양쪽으로는 높이 약 20미터가량의 높은 절벽이 자리 잡고 있다. 안쪽 공터에서 정시마다 몬스터들이 리젠되며, 몬스터들을 사냥하는 데 약 40분 정도가 소요된다.

　플레이어들은 몬스터를 사냥하고 여유가 있는 약 20분 동안 절벽에서 내려와 공터에 각종 스크롤과 마법진을 미리 설치한다. 대부분 광역 폭발 효과가 있는 것들이다. 그것들을 지뢰매설 작업이라 부른다.

　지뢰매설 작업이 끝나면 플레이어들은 다시 절벽 위로 우회하여 올라가서, 몬스터가 생성됨과 동시에 원거리 공격을 퍼붓는다. 그러한 형태로 무한 반복 작업이 진행되는 곳이다.

로안은 당황할 수밖에 없었다.

'미친놈.'

플레이어들이 왜 절벽 위에서 몬스터들을 공격할까? 생각해 보면 답은 너무나 간단하다. 절벽 위에서 아래를 공격하는 것이 편하니까.

'저기엔 지뢰매설 작업이 이미 완료되었는데.'

다들 생각했다. 나타날 때 나타난다 하더라도 몬스터들의 청소가 끝난 시점, 다시 말해 플레이어들의 체력이 어느 정도 떨어진 상태에서 모습을 드러낼 거라고. 또한 저 아래쪽은 최대한 피하리라고. 그렇게 생각했다. 하지만 절대악은 아니었다.

'굳이 아래쪽에 착지해?'

무슨 똥배짱이지? 위에서 폭격을 가할 수 있는 형태의 지형이다. 절대악이 그걸 모르는 건 아닐 텐데 자신이 있는 건지 오만한 건지. 그 뒤에는 루펜달이 따라 걷고 있었다.

한주혁이 말했다.

"여기서부터는 지뢰가 매설되어 있을 테니까 조심해서 걸어."

"예, 형님."

조심한다고 조심할 수는 없다. 운 나쁘면 그냥 밟는 거다. 다만 형님의 발자국을 따라 걸으면 폭발 위험이 현저하게 낮

아진다고 했으니 좀 안심이 된다.

'죽으면 안 된다!'

방어마법을 수십 개 몸에 걸었다. 그것도 한주혁의 버프를 받은 방어마법이다. 그는 죽고 싶지 않았다. 죽는 건 문제가 안 되는데, 죽어서 형님을 제대로 도와드리지 못하면 펫 1호의 자리를 빼앗길 것 같다. 그건 절대 안 된다.

한주혁이 주위를 둘러봤다.

'밑으로 내려올 거라는 건 예상 못 한 것 같네.'

분위기가 그렇다. 그래. 굳이 불리한 곳에서 싸울 거라고는 생각하지 못했겠지. 병력 차이가 너무 심하다. 그건 객관적인 사실이다. 그래서 꼬꼬를 타고 날아다니며 게릴라전을 펼칠 거라고 생각했을 것이다.

한주혁이 크게 말했다.

"이곳에 모인 수많은 플레이어 중 자의로 이곳에 나온 플레이어분들은 그렇게 많지 않을 것입니다."

보나 마나 또 하청에 떠넘기기 했을 거다. 그들은 대부분 아웃소싱 계약지들이며, 하루 벌어 하루 먹고사는 인생이다. 한주혁도 그 사실을 잘 알고 있다. 한주혁뿐만 아니라 사회 전체가 알고 있지만 불만을 표하고 있지 못할 뿐. 아니, 불만을 표하더라도 딱히 방법이 없을 뿐.

"여러분도 아시다시피 저는 신성에게 척살령을 받은 사람입니다."

한주혁이 먼저 척살령을 내리지 않았다. 돌이켜 보면 항상 타 플레이어가 공격해 왔고, 그걸 방어하다 보니 여기까지 왔다. 그리고 신성으로부터 척살령까지 내려졌다.

"그래서 저도 신성에 척살령을 내렸습니다. 개인적인 악감정은 없지만, 신성 정규직 분들은 척살할 겁니다. 저를 방어하기 위해서. 정당방위의 차원에서."

그런데 약간 다른 상황도 있다.

"저는 하청에 속한 분들의 입장과 상황을 이해합니다. 왼손을 들고 공격하세요. 공격하지 않겠습니다."

한주혁이 말을 이었다.

"제 주적은 저를 척살하라고 명한 신성 대연합입니다. 신성 대연합에 의해, 강제적으로 어쩔 수 없이 동원된 분들에게는 악감정이 없습니다. 그들은 죽이지 않겠습니다."

절대악은 적을 완전히 구체화시켰다. 분노의 대상을 단일화했다.

"대연합 신성. 저는 신성을 무너뜨릴 겁니다. 신성이 제게 먼저 척살령을 내린 만큼, 저 또한 신성을 척살할 겁니다."

일부러 이렇게 한 거다. 너네들은 죄 없어. 내 적은 오로지 신성이야. 이렇게 못 박았다. 면죄부를 준 거다.

"여기서 목숨 바쳐 싸운다고 신성이 알아나 줍니까?"

"……."

아무도 알아주지 않는다. 신성에서는 어차피 하청 플레이어들을 소모품으로 본다. 말로는 아니라고 하지만 대우가 그렇다. 수틀리면 언제든 잘라 버릴 수 있는 갑 중의 갑.

오늘 이곳에 급파되어 나온 문고리 3인방. 루펜, 키르텔, 자객은 인상을 찡그렸다.

'노린 거다. 이 상황은.'

몇몇 하청 플레이어들에게서 심적인 동요가 있는 게 느껴진다. 젊은 층에게서 '사회 혁명가'라고 불리고 있다더니. 그 말이 아주 틀린 건 아닌 모양이었다. 동요가 있다는 것도 느끼고 있다.

키르텔이 크게 외쳤다.

"그따위 허접한 선동과 날조가 통할 것 같으냐?"

키르텔도 과거 풀카오였다.

"아무리 좋게 포장해도 너는 풀카오다. 내가 과거 풀카오였을 때 나를 아무리 좋게 포장했어도 나는 결국 살인자였고, 내 이익을 위해 풀카오가 됐었다. 마치 사회 혁명가처럼 말하고 행동하지만, 결국 너는 그래 봤자 풀카오다. 살인자 주제에 누굴 신경 써주는 것처럼 구는 거냐!"

문고리 3인방은 절대악이 왜 하필이면 지금 이 시점에. 그러니까 몬스터들이 리젠되는 이 시점에, 그것도 자신이 불리한 지형에 모습을 드러냈는지 알 수 있었다.

문고리 3인방 중 1인. 루펜은 인상을 찡그렸다.

'TNT 스크롤을 마음대로 사용할 수가 없어.'

TNT 스크롤은 자살 폭탄 스크롤이다. 하나에 무려 400만 원씩이나 하는 스크롤. 그걸 가지고 뛰어들어야 하는데, 지금 저곳에는 지뢰매설 작업이 되어 있다. 모르긴 몰라도 저놈은 지뢰를 알아볼 수 있는 힘을 가지고 있으며 교묘하게 지뢰가 없는 곳만 골라 걷고 있다.

게다가 이곳에서 원거리 공격을 한다 치더라도.

'곧 몬스터들이 생성되어 방패막이 역할을 해주겠지.'

그 수많은 공격이 분산될 거다. 몬스터들에 의해서. 지금 절대악은 지뢰밭에 자신의 몸을 내던지면서 상황을 유리하게 이끌어가려고 하고 있는 거다. 말 같지도 않은 소리를 하면서 말이다.

'그때도 느꼈지만…… 단순히 미친놈은 아니다.'

전략적으로 움직이는 미친놈. 어쩌면 정말로 태풍을 불고 올지도 모를 미친놈. 그 정도로 표현이 될까.

그때 몇몇 플레이어가 한주혁을 향해 달려들기 시작했다. 한주혁도 이미 알고 있었다. 입구 부근에 약 500명쯤 되는 플레이어들이 잠복하고 있다는 사실이 심안을 통해 느껴졌다. 심안이 만능은 아니지만, 저들이 일정한 기운을 가진 스크롤을 가지고 있다는 건 느껴졌다. 마나의 흐름을 보건대, 저것은 아마도 폭발하는 성질을 가진 위험한 스크롤일 것이 분명했다.

한주혁이 씨익 웃었다.

"문고리 3인방, 너희는 양심도 없냐?"

시르티안이 말해줬다. 주군이 생활하고 계시는 또 다른 세계라면, 분명 하청 플레이어라는 이들을 이용하여 어떤 식으로든 공격할 것이라고. 가격대 성능비로 본다면 TNT 스크롤 같은 것을 사용하여 덤벼들 확률이 매우 높다고.

한주혁이 또 크게 말했다.

"하청 플레이어들에게 자살 폭탄 스크롤을 쥐여주고 덤벼들게 만들면, 내 체력을 깎아 먹을 수 있겠지. 근데 이들의 죽음은 어떻게 보상할 거지? 아, 그냥 한 번 쓰고 버리는 하청 계약직이라 별로 상관없나?"

한주혁이 양손을 들어 올렸다. 마치 공격하지 않겠다는 듯이.

–루펜달, 방어마법 점검해.

–안 그래도 방금 점검 완료했습니다. 위대하신 형님의 버프를 받은 방어마법입니다. TNT 스크롤 정도로는 흠집도 나지 않을 겁니다.

루펜달은 센스 있게 자기가 해야 할 일을 미리미리 알아서 잘해놨다.

–형님을 집중 촬영하겠습니다.

한주혁은 현재 양손을 들어 올린 상태. 완전히 무방비 상태이고, 공격조차 하지 않았다.

여기저기서 폭발이 일었다. 지뢰를 밟은 플레이어들이 지뢰에 의해 사망했다. 한주혁은 아무것도 하지 않았는데 지뢰 때문에 벌써 30명이 넘는 잿더미가 생겨났다. 그리고 몬스터들도 생겨나기 시작했다. 그에 따라 여기저기서 또 폭발이 일었다.

수많은 폭발음. 상황은 순식간에 어지러워지기 시작했다. 하청 플레이어 중 하나가 속으로 욕을 내뱉었다.

'젠장.'

절대악의 말이 모두 맞는 말이다. 여기서 죽어봐야 누구도 알아주지 않는다. 24시간 동안 접속 불가로 인한 일급이 날아가거나 하겠지.

양손을 위로 든 한주혁이 '음성 확대 스톤'을 사용해서 또 한 번 크게 외쳤다.

"여러분들은 잘못이 없습니다. 이런 불합리한 상황을 만든 신성이 잘못한 겁니다. 여러분은 신성이 잘못이라고 따질 힘이 없습니다. 그래서 제가 대신 말할 겁니다. 신성, 너네가 잘못하고 있는 거라고. 여러분들을 대신해서 목소리를 내주겠습니다."

몇몇 TNT 스크롤을 가지고 있는 플레이어들이 한주혁에거의 접근했다. 한주혁은 여전히 무방비 상태.

"여기서 죽어봐야 의미 없습니다. 저는 여러분을 죽이지 않을 겁니다. 알아서 눈치껏 로그아웃하세요."

하청 플레이어들에게는 죄가 없다. 저들은 살기 위해서, 생계를 유지하기 위해서 일자리 시장에 나온 힘없는 소시민들이다. 진짜 나쁜 놈은 저 사람들을 이용해 먹는 대연합 신성이다.

그래도 몇몇은 한주혁 앞에서 TNT 스크롤을 사용했다. 한주혁이 루펜달의 몸 앞에 섰다. 혹시라도 루펜달이 폭발에 휘말려 사망할까 봐.

ㅡ혀, 형님……!

그 사소한 행동에 루펜달은 감동받았다.

ㅡ형님을 위해 뼈를 갈고 몸을 바치겠습니다! 여차하면 제 순결까지도 바치겠습니다!

TNT 스크롤이 찢어졌고 한주혁의 몸을 폭발이 휩쓸었다. 그 폭발에 또 대여섯의 플레이어들이 사망했다.

한주혁이 육성으로 말했다. 저 위까지는 목소리가 들리지 않을 거다.

"이 혼란한 틈을 타서 로그아웃을 추천합니다. 흙먼지가 피어올라 저들은 상황 파악이 어려울 겁니다."

살아 있는 이들은 아직 공격을 하지도 않았고 공격을 받지도 않았다. 따라서 아직 PVP 중이 아니다. 로그아웃이 가능하다. 한주혁의 말에 몇몇 플레이어들이 로그아웃을 감행했다. 그래, 어차피 여기서 죽는 건 개죽음이야.

"열심히 죽어봐야 신성은 알아주지도 않는다는 걸 명심하세요."

저 말이 맞았다. 신성은 어차피 알아주지 않는다. 죽어봐야 그냥 일용직 노동자 하나 죽었구나. 거기서 끝이다. 이득이 있다면 연합장들에게나 있겠지. 그러고 보면 이 자리에 연합장은 단 한 명도 나오지 않았다. 거의 말단 사원들뿐이다.

폭발이 거의 끝났다. 방어마법 8개가 깨졌다. 그러나 한주혁의 본체에는 아무런 타격이 없었다. TNT 스크롤 따위로는 한주혁을 어떻게 할 수 없었다. 그보다 상위급의 스크롤이라면 모를까.

상황을 지켜보던 로안은 일이 쉽지 않게 되었다는 걸 느꼈다.

'제기랄.'

많은 하청 플레이어들이 절대악의 발언에 흔들리고 있다. 절대악은 포퓰리즘(대중인기영합주의. 자기의 정치적 야망을 달성하기 위해, 국가와 사회 발전의 장기적인 비전이나 목표와 상관없이, 국민의 뜻에 따른다는 명분으로 국민을 속이고 선동해 지지를 끌어내려는 경향)을 내세우고 있는 거다.

인기를 끌기 위해서, 신성이야말로 진짜 나쁜 놈들이고 너희들은 희생양일 뿐이다. 내가 너희를 대신해서 신성을 처단하겠다. 이렇게 말하고 있는 거다.

'그런데……. 또 묘하게 맞는 말인 거 같긴 해.'

그 역시 성공한 젊은 연합장이지만, 신성은 언제나 갑이었다. 그도 갑에게 알게 모르게 갑질을 당해왔다. 어느 정도 성공했고, 궤도에 오른 자신도 혹하는 말이다. 지금 당장에라도 왼손을 들고 있고 싶다.

신성을 위해서 청춘을 다 바칠 수 있다고 생각했는데 막상 이런 상황이 오자 흔들렸다. 신성 역시 자신을 통해 이득을 얻고 있다.

내가 신성을 위해서 충성을 다해야 할 이유가 뭐가 있지?

'우리한테도 TNT 스크롤을 줬지.'

연합원 두 명에게 그걸 나눠줬다. 생각해 보면 비인간적인 처사다. 하청들에게 TNT 스크롤을 주다니.

'그것도 효과가 별로 없고.'

예상하기로는 아마 혼란을 틈타 많은 인원이 로그아웃을 한 거 같다. 폭발이 생각보다 너무 약했다.

'많은 플레이어가 흔들리고 있다는 증거다.'

한주혁이 씨익 웃었다.

"위쪽에서 지금 대기하고 있는 분들 중 나는 하청이다, 어쩔 수 없이 이곳에 왔다. 하는 분들도 역시 왼손을 들고 계세요. 안 죽입니다."

절대악은 그다지 절대악답지 않았다. 왼손을 들고 있으면 공격하지 않겠다고까지 선언했다. 실제로 그러고 있다. 신성보다 훨씬 더 하청 플레이어들의 입장에서 생각해 줬고 그대로 움직여 주고 있었다.

문고리 3인방 역시 음성 확대 스톤을 사용해서 크게 말했다.

"놈에게 선동당하지 마십시오! 놈은 아무리 좋게 말해도 풀카오. 풀카오는 곧 살인자입니다! 남을 죽여서 이득을 취하는 놈의 포퓰리즘에 속으면 안 됩니다!"

그 사실은 변하지 않는다. TNT 스크롤의 효과가 생각보다 너무 없긴 했지만 그래도 이쪽의 숫자가 2천이 넘는다는 것 역시 사실이다. 그런데 저놈은 과도한 자신감으로 왼손을 들고 있으면 죽이지 않겠다고까지 공언했다. 저건 용기가 아니라 만용이다.

신성 연합원들을 독려했다.

"기죽지 마라! 우리의 숫자는 2천이 넘는다. 그래 봤자 혼자서는 아무것도 못 해."

그건 확실했다. 제아무리 절대악이어도 2천을 상대할 수는 없는 법이다. 세계 랭킹 1위라 할지라도 그건 불가능하다. 적어도 문고리 3인방은 그렇게 생각했다.

문고리 3인방 중 1인. 키르켈이 입술을 깨물었다.

'혼자서는 아무것도 할 수 없다는 걸 보여주마.'

시간을 끌어야 했다. 시간만 끌면 '그것'이 완성될 테니까.

한주혁이 목을 한 바퀴 돌렸다. 일종의 신호였다.

무대는 벌여놨고 명분도 확보했고. 그럼 이제부터 쇼타임이 진행된다는, 그런 신호. 하늘 위에서 '리미아 망원경'으로 상황을 지켜보던 천세송이 꼬꼬의 머리를 쓰다듬었다. 한주혁이 머리를 돌리는 걸 봤기 때문이다.

"꼬꼬, 내려가자."

대규모 물량전의 대가. 앱솔루트 네크로맨서가 하강하기 시작했다.

천세송이 이렇게 얘기했었다.

"아저씨, 저도 그냥 카오가 되는 게 낫겠어요."

천세송과 얘기를 나눠본 결과. 천세송이 절대악을 보필하는 앱솔루트 네크로맨서인 이상, 어차피 카오는 운명이나 다름없는 것이었고 그래서 그냥 받아들이기로 했다.

"일어나라. 죽음의 군단이여!"

꼬꼬에서 내린 마리안(천세송)이 스킬을 사용함과 동시에, 한주혁이 본격적으로 움직이기 시작했다.

'악의 공간. 악의 독려.'

두 가지 스킬을 한꺼번에 사용했다. 약 20초간, 앱솔루트 네크로맨서의 전력을 몇 단계나 껑충 뛰어오르게 만들 수 있는 사기적인 스킬.

한주혁에게 알림이 들려왔다.

-스킬. 악의 공간을 사용합니다.

-절대악의 권능을 최대치로 발현할 수 있는 공간을 발현합니다!

-공용 효과 적용!

-힘 스탯이 20 증가합니다.

-민첩 스탯이 20 증가합니다.

-지능 스탯이 20 증가합니다.

-체력 스탯이 20 증가합니다.

이번 랜덤 효과는 어떻게 발현될까. 이제는 슬며시 기대까지 됐다.

-랜덤 효과 적용! 악의 독려 사용 시간이 20초 증가합니다!

-악의 독려 사용 시간 증가는 1회에 한합니다.

이번에는 랜덤 효과가 하나만 적용됐다. 그런데 그 효과가 한주혁이 바라 마지않던 효과이기도 했다. 효과 지속 시간이 20초가 더 늘어나서 40초가 됐다.

천세송에게도 알림이 들려왔다. 공용 효과는 한주혁에게 적용된 효과와 같았다.

-랜덤 효과 적용!

-소환 언데드의 개체가 일시적으로 100퍼센트 증가합니다!

–M/P 소모량과 체력 소모량은 동일합니다.

랜덤 효과가 적용됐다. 저번에는 동굴 개미가 여왕 동굴 개미로 진화하는 효과였다. 다시 말해 언데드의 '질'이 높아졌었다. 이번에는 질이 아닌 양이 증가했다. 그것도 100퍼센트나.

"저, 저게 뭐냐?"

"미친!"

공격을 준비하던 플레이어들은 혼란에 휩싸였다. 이른바 '벌레 폭풍'이 그들을 향해 불어닥쳤기 때문이다.

천세송은 한주혁이 시키는 대로 언데드들을 부렸다.

'3천 슬롯 오픈.'

세부적인 컨트롤 능력이 많이 떨어져서 그렇지, 일단 뭔가를 시키면 말은 잘 듣는다. 3천 슬롯을 오픈했다. 다시 말해 6천 마리의 동굴 개미와 동굴 지네가 언데드로 부활해서 플레이어들을 덮쳤다는 뜻이다.

그런데 거기서 그치지 않고 랜덤 효과 적용을 받아 6,000마리가 또다시 12,000마리로 불어났다.

"화염계! 화염계 마법사들은 뭐 하나!"

화염계 마법사들이 황급히 마법을 준비했다.

"스킬 사용이 쉽지 않습니다!"

"TNT 스크롤 사용해! 놈들은 폭발과 화염에 취약하다!"

또다시 하청 플레이어들이 내몰리기 시작했다. 그들이라고 TNT 스크롤을 사용하고 싶을 리 없다. 하지만 위에서 까라니까 까야지 어쩔 수 있는가. 하청 노동자는, 먹이사슬의 최하단에 위치하고 있다.

로안도 언젠가 한 번 기르칵투 동굴에 들어갔던 적이 있다. 딱 한 번 들어갔었다. 거기서 사망했던 기억이 있다.

'저게 동굴 개미랑 동굴 지네라고?'

그때보다 로안 자신은 훨씬 강해졌다. 그런데 지금 저 동굴 개미와 동굴 지네들은, 과거에 경험했던 동굴 개미와 동굴 지네보다 훨씬 강한 것 같다. 턱도 더 단단해 보였고 움직임도 더 빨랐다.

'아냐. 더 강력한 놈들이다!'

땅바닥을 기어 다니는 속도가 일반적인 동굴 개미나 동굴 지네보다 더욱 기민했고 방어력, 공격력도 훨씬 높았다.

천세송은 대규모 물량전을 펼쳤다. 상대가 2천 명이다? 그러면 여기는 12,000마리다. 아저씨, 칭찬해 주세요. 그 마음을 담아 싸웠다.

–악의 권속으로 확인됩니다!
–악의 독려의 영향을 받습니다.
–언데드의 등급이 상향 조정됩니다!

위대한 결단을 내린 앱솔루트 네크로맨서. 그 효과로 언데드의 등급이 상향된다. 무조건 상향에 절대악 버프까지 받았다. 원래부터 60대 초반의 레벨을 가진 언데드들이 이제는 훨씬 강력한 몬스터로 다시 태어나게 된 거다.

"저, 절대악이 접근합니다!"

"절대악이 접근합니다!"

절대악도 가만히 있는 게 아니었다. 그가 절벽을 타고 올랐다. 신성 연합원들이 모여 있는 곳을 귀신같이 알아차렸다. 심안 효과 덕분이다. 하청 플레이어들과는 질적으로 다른 마나가 여러 곳에 뭉쳐져 있는 것을 확인했다. 원손도 들고 있지 않았다. 한주혁은 저들이 신성 연합원들이라고 확신했다.

신성 연합원 중 한 명이라 짐작되는 남자가 한 플레이어의 등을 떠밀었다.

"뭐, 뭐 해! 가서 막아!"

"막으라고! 이 새끼야!"

다시 말해 TNT 스크롤을 사용하라는 뜻이었다. 하청 노동자들을 방패막이로 사용하는 깃. 이들에게는 아주 익숙한 것처럼 보였다.

'악신 강림.'

플레이어들을 향해 그의 광역 스킬을 사용한 것은 이번이 처음이었다. 그가 사용한 것은 레벨 55 때 배우는 '악신 강림'. 그러나 단순한 악신 강림이 아니었다.

-스킬. 악신 강림을 사용합니다.

　-진 파천심공의 효과로 악신 강림이 진 악신 강림으로 전환됩니다.

　-진 파천심공의 효과로 악신 강림의 공격력이 30퍼센트 추가됩니다.

　-진 파천심공의 효과로 악신 강림의 공격범위가 30퍼센트 증가합니다.

　-진 파천심공의 효과로 악신 강림 사용시 M/P 소모가 30퍼센트 감소합니다.

　-진 파천심공의 효과로 악신 강림의 쿨타임이 30퍼센트 감소합니다.

　이전에 이미 제타의 손에 의해 구현되었던 기술. 하지만 한주혁이 사용한, 그러니까 히든 클래스 절대악이 사용한 진 악신 강림은 완전히 다른 위용을 보여주었다.

　한주혁의 몸에서 검은색 기운이 폭사되는가 싶더니, 땅에 검은색 기운이 마치 악령처럼 돌아다니기 시작했다. 그것도 매우 빠른 속도로. 대단히 빠른, 검붉은색 얼굴을 가진 그림자가 주변을 헤집고 다니는 것처럼 보였다.

　-악의 공간이 확인됩니다!

　-절대악의 권능을 최대치로 발현합니다!

그와 동시에 그림자가 더욱 빠른 속도로 플레이어들 사이를 마치 재빠른 미꾸라지처럼 헤집고 다녔다. 검은색 그림자는 단순한 그림자가 아니었다. 절대악이 소환하여 부리는 악령. 절대악의 권능을 최대치로 담은 악령의 움직임은 그야말로 재해였다.

─플레이어를 사살하였습니다!
─플레이어를 사살하였습니다!
─절대악 포인트를 1개 획득하였습니다!
─플레이어를 사살하였습니다!
─절대악 포인트를 1개 획득하였습니다!
─플레이어를 사살하였습니다!
─플레이어를 사살하였습니다!

끝없이 알림음이 들려왔다. 악신 강림, 아니, 진 악신 강림 한 번에 플레이어 60여 명이 한꺼번에 목숨을 잃었다.

그러나 거기서 끝이 아니었다. 악신 강림은 광역기. 악령들은 배가 고픈 듯 스산한 웃음소리를 남기며 플레이어들 사이를 비집고 돌아다녔다. 사망자 수가 기하급수적으로 늘어났다. 스킬 한 번에 말이다.

─아서 님이 미쳐 날뛰는 중입니다!

─아서 님이 적을 학살하고 있는 중입니다!

─아서 님이 엄청난 위용을 떨치는 중입니다!

─절대악 포인트를 1개 획득하였습니다!

한주혁의 악신과 스친 플레이어들은 모두 검은 잿더미가
되어 버렸다. 그 와중에도 왼손을 들고 있던 플레이어들은 살
아남았다.

─대단히 많은 플레이어를 학살하였습니다!

─적이 공포와 두려움에 떨고 있습니다!

─카리스마가 대폭 상승합니다!

비활성 스탯이 과거 카리스마로 전환되었고, 이번 전투를
통해 카리스마가 대폭 향상된다는 알림이 있었다. 아직까지
그 활용도가 정확하지는 않다만, 스카이데블과 NPC들을 지
배하는 데에 카리스마는 굉장히 유용한 스탯이라 짐작하고 있
는 중이다.

─레벨이 올랐습니다!

─절대악 포인트를 1개 획득하였습니다!

문고리 3인방은 침을 꿀꺽 삼켰다.

'미친.'

아무래도 이건 미친 것 같다. 저번에 200명을 상대로 싸웠을 때보다 훨씬 더 강력해졌다. 그렇게 오랜 시간이 지나지도 않았는데, 어떻게 이 짧은 시간에 저런 힘을 보유할 수 있게 되었단 말인가.

'조금만 참으면 된다.'

아무리 그래도 시간이 지나면 이 위세는 줄어들게 되어 있다. 앱솔루트 네크로맨서가 생각보다 훨씬 강력했고 생각보다 훨씬 많은 언데드를 부리고 있는 기상천외한 능력을 가지고는 있지만 그래도 인간인 이상 지칠 터.

때마침 악의 공간이 소멸되었고 한주혁의 버프가 사그라들었다. 천세송이 부리는 12,000마리의 벌레형 언데드가 6,000마리로 줄었다. 더 정확히 말하자면 4,000마리까지 줄어들었다. 곳곳에서 TNT 스크롤이 터졌고 화염계 마법에 취약한 벌레형 몬스터들인 데다 워낙에 밀집되어 있던 상태여서 피해가 꽤 컸다.

문고리 3인방 중 1명. 루펜이 크게 외쳤다.

"네크로맨서가 지쳐 간다! 절대 위축되지 마라! 언데드들의 숫자가 급격히 줄어들었다!"

저 미친 절대악의 스킬 한 번에 150명이 넘는 플레이어가 쓸려 나갔다. 말이 150명이지. 그 위용을 눈앞에서 실제로 보자 몸이 덜덜 떨릴 정도. 아까 사용한 그 스킬. 다시는 마주하고 싶지 않은 스킬이었다. 스킬명은 잘 모르겠다만 죽음의 악령처럼 보였다.

그러나 루펜은 아직 승산이 있다고 봤다. 벌레형 몬스터 군단과 절대악의 말도 안 되는 무력 때문에 거의 1,000에 달하는 플레이어가 사망했으나 아직도 이들에게는 또 1,000에 달하는 플레이어가 남아 있다.

'게다가 죽은 놈들 대부분은 하청 놈들.'

하청 놈들은 그냥 일용직 노동자들이다. 다시 말해 질적으로 대연합 소속원인 자신들과는 다르다. 어차피 저들의 과제는 절대악의 체력을 빼놓기만 하면 되는 것. 이제부터가 진짜 싸움이라 할 수 있었다.

'그리고 조금 있으면…….'

조금 있으면 제대로 된 마법진이 발동한다. 무려 300명의 마법사가 동원됐다. 신성이기 때문에, 신성이라서 가능했던 마법진.

'여유를 부리는 것도 이제 끝이다.'

그때 한주혁이 백참격을 사용했다. 한주혁의 백참격 한 번에 또다시 20여 명의 플레이어가 사망했다. 두 번 공격했을 뿐인데 200에 달하는 신성 연합원들이 검은 잿더미로 변해 버렸다.

그 광경을 보던 로안은 마음을 굳게 먹었다.

'그래. 어차피 죽을 거.'

왼손은 들지 않기로 했다. 여기서는 한 번 죽으면 끝이지만, 신성에게 미운털이 박히면 앞으로 사업하기 힘들다. 차라리 여기서 장렬하게 신성을 위해 산화한다면? 그러면 신성의 눈에 들 수 있을 거고 좀 더 많은 특혜와 권리를 누릴 수 있을 거다.

그는 문고리 3인방이 주변에 있는 것을 확인하고서 크게 외쳤다.

"대연합 신성은 겨우 네놈 따위에게 흔들리지 않는다! 대한민국의 발전을 수호해 온 신성이라는 거대한 물을 네놈 같은 미꾸라지 한 마리가 감히 어떻게 할 수 있을 것 같냐!"

그 역시 히든 클래스. 무투가 계열이다. 근거리 공격과 방어라면 자신 있다.

'단 한 방.'

한 방만 때리면 된다. 어차피 이길 거라는 생각은 하지 않는다. 그냥 한 방만 먹여서, 문고리 3인방의 이목을 끌기만 하면 된다. 저들의 눈에 들면, 출세 가도는 확실시되니까.

한주혁도 로안을 봤다. 이유는 모르겠는데 로안이 마음에 안 든다. 물론 한주혁은 현실의 로안과 이곳의 로안 사이에 연결점을 찾지는 못했다. 로안이 천세송에게 작업을 걸었던 것도 모른다. 그런 것과 상관없이 그냥 마음에 안 들었다. 신성에게 아부하기 위해 플레이어 하는 놈 같은 느낌이다.

'심안.'

-스킬. 심안을 사용합니다.

마나 흐름이 느껴졌다.

'발 쪽에 흐름이 집중돼?'

무방비하게 뛰어오고 있는 것 같은데 그렇지 않다.

'마나 흐름이 폭발적으로 증가하고 있다.'

보아하니 꽤 잘나가는 플레이어 같다. 제법 젊어 보이는데. 그러면 히든 클래스를 가지고 있다는 뜻이다.

'근거리 무투가 계열.'

마나 흐름이 폭발적으로 증가하고 있는데, 그게 발 쪽. 그리고 또 다른 곳으로의 흐름이 보인다.

한주혁이 피식 웃었다. 놈의 속셈이 훤히 보였다.

'블링크와 비슷한 이동방식을 바탕으로 한 순간 공격 스킬.'

뒤쪽에서 강렬한 마나 흐름이 느껴졌다. 블링크와 비슷한 형태로, 순간적으로 빠르게 이동하여 뒤통수를 공격할 것이 보였다. 절대악 고유 스킬, 고급 탐지 스킬인 심안은 로안의 속셈을 완벽하게 파악했다.

목소리가 들려왔다.

"죽어랏!"

목소리가 들려오든 말든, 한주혁은 뒤통수를 향해 평타를 내질렀다. 한주혁의 평타는 오늘도 무자비했다. 그의 주먹은 히든 클래스 로안을 검은 잿더미로 만들어 버렸다.

―플레이어를 사살하였습니다.

정작 당사자인 로안은 황당했다.

'응……?'

지금 자신에게 무슨 일이 벌어진 건지 이해할 수 없었다. 적어도 한 방은 먹일 수 있을 줄 알았는데, 절대악은 마치 자신의 움직임을 예측하고 있는 것처럼 보였다. 이게 도대체 무슨 상황인가.

그래도 신성을 위한 아부는 그만두지 않았다. 검은 잿더미가 되었어도, 말은 할 수 있다. 문고리 3인방이 들으라는 듯 크게 말했다.

"너는 대연합 신성의 위엄 앞에 무릎을 꿇고 말 것이다!"

말은 그렇게 했지만 그는 인정할 수밖에 없었다. 이 미친놈은 그냥 미친놈이 아니라 괴물 미친놈이었다. 자신의 움직임을 너무 쉽게 읽었고 자신을 평타 한 번에 죽여 버렸다. 젊은 축에서 성공했다고 생각하는 자신임에도 불구하고, 저놈은 정말 제대로 미쳤다.

'어디서 저런 괴물이 튀어나온 거야. 완전히 밸런스 붕괴군.'

이러나저러나.

'눈도장은 제대로 찍은 것 같네.'

그는 문고리 3인방에게 눈도장을 찍은 뒤 강제 로그아웃 당했다.

문고리 3인방. 그중에서 가장 말이 없는 자객이 드디어 입을 열었다.

"준비가 다 됐다."

그와 동시에 루펜이 씨익 웃었다.

―이쪽도.

키르텔도 마찬가지였다. 하청 놈들이 알아서 발악해 줘서 시간을 잘 끌어줬다. 이제는 진짜 신성 연합이 나설 차례다. 300명의 마법사가 준비했다. 제아무리 절대악이 날고 기어도. 이제 이 함정에서 빠져나갈 수는 없을 것이다. 신성이 괜히 신성이 아니다. 그것을 보여주기로 했다.

키르텔이 말했다.

"네놈의 자만도 이제는 끝이다!"

그와 동시에 한주혁에게 알림이 들려왔다. 여태까지와는 약간 달랐다.

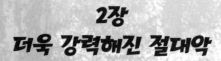

2장
더욱 강력해진 절대악

대연합 신성. 신성의 주인인 강무환은 보고를 받았다.

"……그렇단 말이지."

절대악이라는 놈. 단순히 미친놈이 아니었다. 강무환이 판단하기로 다분히 정치적이고 용의주도한 놈이었다.

"언론은 계속 통제하고. 이슈화되지 않게."

"알겠습니다."

"올림푸스 매니아에도 대대적인 댓글 작업 들어가."

"예, 이미 진행 중입니다. 인원을 확충할까요?"

"화력이 좀 부족해 보이긴 하는군."

"알겠습니다. 충원하겠습니다."

벌써부터 '르우만 전투'라고 이름 붙기 시작한 이 전투는 지금 올림푸스 매니아를 통해 굉장히 이슈가 되었다.

젊은 층들은 더 이상 '공중파' 방송이라는 한정된 매체를 통해 정보를 취득하지 않는다. SNS나 올림푸스 매니아에서 능동적으로 정보를 받아들이고 세계를 이해한다.

그런 의미에서 통제나 운영이 불가능한 이 '올림푸스 매니아'는 강무환 입장에서는 눈엣가시나 다름없었다. 올림푸스 매니아 서버를 운영하는 주체는 제우스이고, 제우스는 현대 기술로는 어떻게 할 수 없는 영역의 미스터리니까.

강무환도 직접 올림푸스 매니아를 살펴봤다. '르우만 전투'에 관한 영상들이 속속들이 올라오고 있었다.

–대박이다. 방금 봄?
–난 저 네크로맨서 봤음. 근데 장난 아니네.
–보니까 절대악 부하 거 같은데. 부하가 저래도 되냐?

앱솔루트 네크로맨서의 위용은 엄청났다. 1만 마리가 넘는, 등급이 향상된 동굴 지네와 동굴 개미가 폭풍처럼 불어닥치는 그 화면은 가히 네크로맨서의 지존에 올라있다고 봐도 될 정도로 어마어마한 위엄을 선보였다.

–저 정도면 앱솔루트 네크로맨서가 더 위고, 사실은 절대악이 하수인인 거 아니냐?
–그럴지도 모름. 2천 명을 상대로 어떻게 싸우나 했더니…….

-근데 저러면 체력이 금방 바닥나지 않음?

그게 상식인데.

-그럴 거면 지금 벌써 녹다운돼서 쓰러졌어야지.
-아직도 멀쩡함.

쓰러질 기미가 보이지 않았다.

-어? 근데 숫자가 좀 줄어든 거 같은데.
-맞다. 거의 반으로 줄어든 듯.
-드디어 지쳐가나?

지쳐간 게 아니라 한주혁의 '악의 독려'가 끝났기 때문이지
만 일반 유저들은 그것까지는 캐치하지 못했다.

-절대악도 제대로 움직인다!

올림푸스 매니아를 적극적으로 이용하며 정보를 얻는 쪽은
역시 젊은 층이다. 10대, 20대, 30대, 40대가 대표적이다. 다
그런 건 아니지만, 50대 이상은 올림푸스 매니아를 통해 정보
를 얻기보다는 언론을 통해 정보를 얻는 경우가 많다.

10대~40대로 대표되는 이들은 절대악의 행보를 실시간으로 주시했다.

–대박이다. 진짜로 하청 플레이어들은 안 건드림.
–하청은 진짜 안 죽여. 지금 손 들고 있는 거 보임? 나만 그렇게 보이는 건가?

아니었다. 절대악은 실제로 두 손을 들고 있었고 자신을 향해 자살 폭탄 테러를 감행하는 플레이어들을 그냥 뒀다.

–절대악한테 죽은 플레이어보다 자기들이 깔아놓은 지뢰 밟고 죽은 애들이 훨씬 많은 듯.
–근데 생각해 보면 이건 진짜 신성이 개쓰레기고, 절대악이 졸라 착한 거 아님?
–솔까말 절대악이 한 말 중에 틀린 게 뭐 있음? 하청 플레이어를 신경 써주기를 해, 월급을 많이 줘, 뭘 해줌?

상당히 많은 사람이 이 사회구조가 불합리하다는 것을 안다. 금수저만이 금수저를 낳을 수 있는 세상. 흙수저는 금수저가 되기 거의 불가능한 세상. 그게 지금의 세상 아니던가. 재벌들은 강해질 수 있는 방법들을 독점하고, 불공정한 경쟁을 부추기고, 일반 사람들은 신귀족 세력이 정해놓은 틀 안에서 저희들끼리 치고받고 싸우며 어떻게든 성공해 보려 발악한다.

많은 젊은 층이 이 한국 사회를 헬조선이라 표현하고 있다. 이러한 상황에서 절대악이라는 존재가 나타나 대연합에 대놓고 선전포고를 하고 있는 현실. 그런데 그 절대악이 오히려 대연합보다도 사회적 약자들을 배려하고 있는 현실.

–나는 절대악 응원한다.

–나도.

–이름만 절대악이지 하는 행동 보면 저게 무슨 절대악이냐?

–오히려 신성이 절대악이다. 생각해 보면 여태까지 절대악이 먼저 나서서 누구를 친 적은 없지 않음? 이번에도 신성이 먼저 척살령 내려서 절대악이 맞척살령 내렸을 뿐이지.

여론은 절대악에 유리하게 흘러갔다. 그들이 본 절대악은 결코 절대악답지 않았다. 그러나 또 어느 순간, 반응이 달라졌다.

–포퓰리즘에 속지 마라, 등신들아.

–그냥 듣기 좋으라고 하는 말들이지. ㅉㅉ. 절대악을 왜 응원함? 절대악이 사회적으로 뭔가 한 게 있음?

–절대악은 아무리 잘 쳐줘도 풀카오임. 살인자가 하는 말에 그

렇게 쉽게 선동되니까 개돼지 소리를 듣지.

갑자기 나타난 수많은 사람이 신성 편을 들었다.

-신성 망하라는 정신 나간 놈들 있는데, 신성 망하면 한국도 망하는 거임.
-외국계 대연합들이랑 정면으로 싸워서 우리 대륙 지킬 수 있는 연합이 신성 말고 더 있음?

그에 따라 갑론을박이 벌어졌다. 댓글 부대라느니. 헛소리하지 말라느니. 그래도 나는 절대악을 응원한다느니. 정신 나갔다느니. 기존 체제를 흐트러뜨리고 싶은 정신병자가 절대악이라느니. 온갖 설전이 오갔다.
그러던 와중, 화면에 뭔가가 잡혔다.

-어? 절대악 지금 못 움직이는데?
-마법 이펙트 펼쳐진 거 같은데. 지금 절대악 당황한 것처럼 보이지 않음?

한주혁은 순간 당황했다. 몸이 움직이지 않았다. 올림푸스를 플레이하면서 이런 적은 처음이었다.

–대단위 중복마법이 적용됩니다.
–대단위 중복마법의 효과가 적용됩니다.
–진 파천심공이 대단위 중복마법에 저항합니다!

대단위 중복마법. 안 그래도 몸값 비싼 마법사들을 한자리에 불러모아 마법을 펼쳐, 중복시키는 마법이다.
'효과는 속박인가?'
효과는 속박인 것 같았다. 몸이 움직이지 않았다.

–진 파천심공이 대단위 중복마법에 저항합니다!
–저항에 실패하였습니다.

전투가 잠시 잦아들었다. 한주혁만 마법에 걸려든 게 아니었다. 루펜달과 천세송도 마법에 걸렸다. 몸이 움직이지 않았다.
–아저씨, 어떻게 해요?
–잠시 기다려.
한주혁은 잠시 생각에 빠졌다.
'예상대로이긴 한데.'
시르티안이 이미 이러한 상황을 예견했다. 놈들은 어떻게든 시간을 끌 거고, PVP가 펼쳐짐과 동시에 대단위 중복마법을 사용할 거라고. 단순 무력으로는 피해가 크니 속박마법이나 석화마법 등의 마법을 사용할 거라고 말이다.

'그런데 진짜 속박에 걸릴 줄이야.'

스탯이 130에 육박하는 힘을 가지고 있어서 사실 안심하고 있던 부분도 있다. 공식적인 기록은 없지만 스탯 110~120 구간에서 스탯 1을 올리기 위해 필요한 스탯 포인트는 무려 8. 110~120 구간에서 스탯을 1 올리려면 레벨을 무려 4나 올려야 한다는 소리다.

다시 말해 한주혁의 평균 130스탯은 단순 레벨로 계산하면, 한국 비공식 랭킹 1위인 레벨 130 플레이어와는 질적으로 다르다는 소리다. 물론 그 130 플레이어에게도 뭔가 특별한 힘이 있기는 있을 거라고 생각은 한다만. 어쨌든 한주혁은 아주 약간은 반성했다.

'130 스탯이라고 해서 만능은 아닌 거네.'

좋은 경험이다. 예상하지 못했던 상황도 아니고. 실제로 속박에 걸릴 확률은 적다고 생각했지만, 어쨌든 예상했었고 이 상황에 따른 대처법도 이미 생각을 해왔다. 단순히 그냥 미치기만 해서는 대연합 신성과 싸울 수 없으니까.

문고리 3인방이 가까이 다가왔다.

키르텔이 킥킥대고 웃었다.

"어떠냐? 속박에 걸린 기분은."

그는 속이 시원한 듯 가까이 다가와 한주혁의 뺨을 때렸다.
H/P를 깎기 위해서라기보다는, 공포 분위기를 조성하려는
것 같았다.

"미친놈처럼 나대다가 잡히니까 어때? 편하지?"

단순 공격으로 절대악을 어떻게 할 수 없다는 걸 안다. 한
주혁은 그다지 반항하지 않은 채 문고리 3인방을 쳐다봤다.

"그들은 가장 먼저 기선제압을 하려 들 것입니다. 주군 세계의 젊
은이들에게 현실을 일깨워 주기 위하여. 한낱 반동분자 혼자서는 아무
것도 할 수 없다는 것을 만천하에 정확하게 보여줄 것입니다. 뺨을 때
리거나 모욕적인 행위를 할 가능성이 매우 높습니다."

어쩌면 그 예상에서 한 치도 벗어나지 않는지 모르겠다.

"만약 속박이나 석화 상태에 걸린다면, 놈들은 특별한 아이템을
사용하여 주군의 몸을 구속하려 할 것입니다."

키르텔이 아이템 하나를 꺼냈다. 한주혁도 익히 알고 있는
아이템이다.

'M/P족쇄.'

대연합 신성에게 밉보인 놈들이 강제적으로 차게 되는 아
이템이다. '속박'이라는 특수한 상황에 걸린 상태에서 강제적

으로 착용이 되는 아이템인데, 이걸 차게 되면 마나를 사용할 수 없게 된다.

'저건 H/P족쇄인가?'

H/P족쇄까지 나왔다. H/P가 빨피 이상 차지 못하도록 만드는, 강제력이 있는 아이템이다.

'진짜 지독한 새끼들이네.'

자신이야 그렇다 치더라도, 일반인이 저런 걸 당하면 답이 없다. 저 아이템의 평균 유효기간은 3년인데, 3년이면 일반인이 자포자기하고 미치기에 충분한 시간이다. M/P가 봉인당하면 스킬도 사용할 수 없고 H/P가 빨피면 제대로 된 사냥도할 수 없을 테니까. 3년 동안 손가락만 쪽쪽 빨고 있어야 한다는 소리다.

키르텔은 자신만만했다. 대단위 중복마법에 걸리면 빠져나올 수 없다. 적어도 10분은 그렇다.

키르텔이 물었다.

"배후가 누구냐?"

분명히 배후가 있을 거다. 절대악 혼자 이렇게 크지는 못했을 거다. 외국계 대연합이든, 아니면 한국 내 경쟁 대연합이든. 어디선가에서 비밀스럽게 후원을 했을 거다.

한주혁이 피식 웃었다.

"배후 같은 게 있겠냐? 있었으면 내가 풀카오 됐겠어?"

"나는 너 같은 놈들을 잘 알지."

키르텔도 지금의 이 전투가 '르우만 전투'라는 이름으로 유명해지고 있다는 사실을 알고 있다. 다분히 여론을 의식해야만 했다.

"어차피 누군가의 사주를 받아 기존의 대연합 체제를 흔들고 싶고, 또 신성을 흔들고 싶고 신성의 명예에 먹칠을 하고 싶은 반동분자잖아. 대한민국에 어떻게든 균열을 내고 선동하여 이득을 취하려는 너희 같은 놈들이야말로 진짜 쓰레기들 아닌가?"

한주혁은 묻고 싶었다. 대한민국에 균열을 내고 선동하면 내게 무슨 이득이 떨어지는지. 내가 지금 하는 게 선동인지, 아니면 그냥 하고 싶은 말을 하는 건지.

한주혁은 딱히 저 말에 대답할 필요성을 느끼지 못했다.

"하고 싶은 말은 다했냐?"

"아직도 정신을 못 차렸군. 울고불고 짜봐야 소용없을 것이다."

그런데 그때, 누군가가 가까이 다가왔다. 1번 성좌 홍염의 검투사 강무석이었다.

그가 씩씩대며 걸어왔다.

"H/P족쇄와 M/P족쇄는 내가 직접 채운다."

H/P족쇄와 M/P족쇄는 채운 사람이 곧 주인이 된다. 그 주인이 풀어주지 않으면 3년 동안 풀 수 없다. 다만, 강무석의 성격상 3년이 되기 전에 H/P족쇄와 M/P족쇄를 다시 채우겠

지만.

강무석이 H/P족쇄와 M/P족쇄를 받아 들었다.

"신성의 명예를 모독하고 사회에 혼란을 일으키려 한 죄를 내가 직접 묻겠다."

한주혁은 기가 차서 물었다.

"네가 무슨 자격으로? 네가 왕이라도 되냐?"

"여전히 입은 살아 있군. 네가 그 건방진 입을 계속 놀릴 수 있는지. 어디 두고 보지."

강무석은 오늘 여유로웠다. 이 개 같은 절대악에게 드디어 한 방을 제대로 먹여줄 수 있을 거라고 생각했다.

한주혁이 말했다.

"아쉽네. 민중이 개돼지라고 평소처럼 얘기해 보지. 할 말은 다 한 거 같으니, 나도 이제 할 말 해도 되지?"

한주혁이 어깨를 돌렸다. 마치 공격을 준비하는 것처럼.

강무석은 순간 눈을 크게 떴다. 지금 절대악은 대단위 중복 마법의 효과에 걸려 있는 상태. 움직이지 못하는 상태일 것이 분명해야만 했다. 그래야만 했다.

그런데 어깨가 움직였다. 강무석이 상황을 파악하기도 전에 황당한 일이 벌어졌다.

1번 성좌. 신성이 자랑하는 히든 클래스. 신성의 이사 강무석이 등장했을 때에, 올림푸스 매니아 접속률이 급증했으며 실시간 동영상 클릭수가 초당 만 단위로 높아졌다.

강무석은 자신 있었다.

'개돼지들은 개돼지들일 뿐.'

개돼지들에게 이상한 희망 따위는 줄 필요가 없다. 대연합은 대연합이고, 그중에서도 신성은 신성이다. 좀 나은 개돼지가 있다고 해서, 그래 봤자 개돼지를 벗어날 수 있는 건 아니다.

그래서 타이밍을 쟀고, 정확한 타이밍에 모습을 드러냈다. 이제 자신이 해야 할 것은 이 미친 개돼지에게 목줄을 걸어주고 기존 사회체제에 잘 맞는 유순한 양으로 길들이는 것. 그게 사회지도층이자 귀족인 자신이 해야 할 일이라 믿어 의심치 않았다.

그러나 상황은 생각과 정반대로 흘러갔다.

"너는 그냥 마음에 안 들어."

한주혁이 주먹을 뻗었다. 그리고 그 주먹에 1번 성좌 강무석은 즉사했다. 올림푸스 매니아에서도 난리가 났다.

-헐. 지금 봄?

-1번 성좌 또 한 방에 녹음.

-미쳤다. 진짜. 1번 성좌 렙업 속도 장난 아니라던데. 그 장난 아닌 렙업 속도보다 더 빠른 속도로 강해지는 거네.

-수백 명이 대규모 마법진 펼쳐서 속박하고 있었다는데 뭐가 어떻게 된 거지?

수많은 플레이어가 현재의 이 상황을 이해하지 못했다. 당사자인 강무석은 더욱 그랬다.

'아직 5분도 지나지 않았는데. 이 무슨······!'

게다가 지금 동영상 시청률도 엄청나게 높지 않은가. 그 와중에 실시간으로 그냥 죽어버렸다. 별다른 반응도 하지 못하고, 그것도 공격 한 방에.

-근데 방금 평타 아님?

-분명 평타였음. 아무런 스킬 이펙트가 없었음.

-진짜 리얼 평타로 무려 성좌를 죽인 거네.

-심지어 강무석은 검투사 계열 히든 클래스인데. 근데 근거리에서 개쳐발림.

-레벨 60대라고 들었는데 아님?

원래 50대 레벨이었는데 순식간에 60대까지 치고 올라간, 전무후무한 레벨업 속도를 자랑하는 1번 성좌를 또다시 주먹 한 방에 때려눕힌 절대악.

이 영상이 루펜달에 의해 실시간으로 방영되고 있었고 사람들은 더 이상 이것이 조작된 영상이라고 주장할 수가 없게 됐다. 그러기엔 이미 너무 많은 사람이 봤다. 올림푸스 매니아에는 실시간으로 시청자 수가 확인되는데 약 2,000만 명이 동시에 봤다. 무려 2,000만의 수치. 한국뿐만 아니라 외국에서도 보고 있다는 얘기다.

　-대박이다. 평타로 60레벨. 그것도 성좌를 그냥 죽이네.
　-이거는 진짜 밸런스 붕괴급 아닌가?
　-절대악이 지나치게 센 건지, 성좌가 지나치게 약한 건지. 진짜 모르겠네.
　-성좌가 약할 수 있나? 저 나이에 신성 이사인데. 온갖 지원과 혜택을 전부 누리면서 레벨업했을 거임. 리얼 금수저라고.

　신성의 직계인데 약할 리는 없다. 다시 말해 절대악이 상식을 철저하게 파괴할 정도로 강하다는 뜻이다.

　-미쳤다. 진짜 미쳤어.
　-도대체 대규모 마법에서는 어떻게 빠져나온 거야?

　동영상 속. 절대악이 피식 웃었다.
　"왼손 잘 들고 있으세요."
　살고 싶으면.

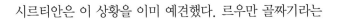

　시르티안은 이 상황을 이미 예견했다. 르우만 골짜기라는

한정된 장소. 한정된 장소에 따른, 많아 봐야 2,500명의 한정된 인원. 그 2,500명을 가지고 저쪽에서 어떻게 행동할지. 어떤 전략을 가지고 나올지. 몇 가지 시나리오를 준비했다.

그중 하나가 바로 '대규모 중복마법진'이었다.

"지형을 살펴보면 약 300명 정도가 한꺼번에 마법을 준비할 수 있을 것입니다. 주군께서 심안을 사용하시어 미리 살피시면 충분히 대비가 가능하시겠지요."

마법사들은 대규모 중복마법진을 펼치기 위해서 호위를 받으며 밀집해 있을 것이다. 대규모 중복마법진? 일단 펼쳐진 다음이나 무섭지. 그전에 박살 내면 그만이다. 그에게는 이제 광역기인 악신 강림까지 있지 않은가.

"하나 영웅의 등장에는 그에 맞는 연출이 필요하다고 생각합니다."

"네 말은 대규모 마법진이 가동되도록 그냥 두라는 뜻인가?"

"그렇습니다. 대규모 마법진 따위로, 주군을 어떻게 하지 못할 거라는 것을 강력하게 어필하시는 것이 좋을 것 같습니다. 같은 상황을 가지고 최대의 효과를 끌어내도록 돕는 것이 저의 역할."

어차피 플레이어들을 전부 죽여야 한다면, 어차피 죽일 거면 절대악의 위엄을 최대한 돋보이게 만들어야 한다고 말했다.

그래서 한주혁은 마법진에 걸렸을 때에 그다지 당황하지

않았다. 이미 준비하고 있는 적의 계책은 그다지 두렵지 않으니까. 한주혁은 속박에 걸림과 동시에 칭호창을 열었다.

〈칭호〉

(1) 절대악: 세계를 어지럽히고 질서를 무너뜨릴 힘과 운명을 가진 자. 모든 세계인을 적으로 돌릴 수 있는 배짱과 담력을 가져야 하며, 자신만의 길을 개척해 나갈 수 있어야 한다. 그가 가는 길은 피에 물든 길이고, 그가 가는 길에는 파멸만이 있을 것이다.

칭호 효과:

−파천심공 강화

−절대악 포인트 획득

−플레이어/NPC 사살시 경험치 +20%

−?

−?

칭호 효과를 살피면 '파천심공 강화'가 있다. 처음에 파천심공을 강화했을 때, 스탯을 20개 소모했었나. 그래서 파천심공이 진 파천심공으로 업그레이드되었었다.

−진 파천심공을 강화하시겠습니까?

−스탯 포인트 40개가 소모됩니다. 진행하시겠습니까?

'아깝지 않아.'

고레벨이 되면 될수록 스탯 포인트로 스탯을 올리는 것은 어려워진다. 겨우 스탯 1을 올리기 위해서 레벨업을 몇 번이나 해야 한다. 그런 것보다는 차라리 진 파천심공을 업그레이드하는 것이 효율적으로 훨씬 나았다. 다만 그 타이밍이 언제냐. 그게 문제였을 뿐.

－스탯 포인트 40개를 소모하여 진 파천심공을 강화합니다.
－소모된 스탯 포인트는 복구되지 않습니다.

한주혁의 몸에서 검은 기운이 넘실넘실 흘러나왔다.

－축하합니다!
－진 파천심공이 진 파천악심공으로 업그레이드되었습니다!

이제는 진 파천심공이 아니라 '진 파천악심공'이 되었다. 파천심공은 절대악의 근간을 이루는 기본 중의 기본 스킬. 그 기본 스킬은 한주혁의 신체 전체에 영향을 미치는 근본 스킬이다. 그것이 업그레이드됐다.

－진 파천악심공이 활성화됩니다.
－진 파천악심공의 효과로 H/P 회복 속도가 40% 증가합니다.

-진 파천악심공의 효과로 M/P 회복 속도가 40% 증가합니다.

-진 파천악심공의 효과로 공격 속도가 40% 증가합니다.

-진 파천악심공의 효과로 H/P 절대량이 40% 증가합니다.

-진 파천악심공의 효과로 M/P 절대량이 40% 증가합니다.

-진 파천악심공의 효과로 모든 스탯이 40% 증가합니다.

-진 파천악심공의 효과로 모든 스킬의 쿨타임이 40% 감소합니다.

한주혁의 진파천심공이 업그레이드되면서.

-진 파천악심공이 외부의 기운에 저항합니다.

-진 파천악심공의 강력한 힘이 외부의 기운을 무너뜨립니다.

-저항에 성공하였습니다.

한주혁은 자유로워질 수 있었다. 더욱 놀라운 사실은 이 마법진을 구축하고 있는 300여 명의 플레이어가 그 마법진이 깨졌다는 것을 전혀 눈치채지 못하고 있다는 것이었다. 이 공간과 마나를 완벽하게 제어하고 있다는 뜻이기도 했다.

'예상이 맞네.'

거의 확실하다시피 한 도박이었다. 진 파천심공을 업그레이드해서, 근간이 되는 기본 능력치를 높이면 300명 정도의 대규모 마법진 정도는 어렵지 않게 파훼할 수 있을 거라고 봤다.

자유로워진 상태로 그림을 그렸다.

'강무석이 나와 주면 그림이 완성되는데.'

그런 기회주의자 놈이라면 나타날 법했다. 그래서 일부러 조금 기다려줬다. 아니나 다를까. 놈이 나타났다. 자존심도 회복할 겸, 수많은 사람들 앞에서 한주혁 자신에게 수치도 줄 겸, 겸사겸사 나왔을 텐데. 그래서 주먹을 뻗어줬다. 그 무자비한 평타에 강무석은 녹아내렸다.

그와 동시에 한주혁의 독무대가 펼쳐졌다.

소연합장 로안은 강제 로그아웃을 당한 상태. 그는 후회하지 않았다. 문고리 3인방에게 제대로 눈도장을 찍은 것 같았으니까. 그는 올림푸스 매니아에 접속해서 상황을 살펴봤다. 그가 알기로 대규모 마법진이 구축되고 있다고 했는데, 그것만 완성되면 절대악 놈도 끝이었다. 그런데.

"뭐야?"

그도 아까 압도적인 강함을 눈으로 직접 봤었다. 그림자 같은 괴상한 것들이 플레이어 사이를 마구 누비고 다녔고, 그 그림자에 닿은 플레이어들은 그와 동시에 검은 잿더미로 변했었다. 순식간에 거의 200에 가까운 플레이어들이 죽어버렸다. 그 스킬 한 번에. 히든 클래스인 그도 처음 보는, 압도적인 무위였다.

"그사이에 더 강해졌어……?"

레벨업 이펙트가 한 번인가 두 번 정도 떴던 건 기억한다. 그랬는데, 아무리 레벨업이 두 번 있었다 할지라도 저렇게 순식간에 더 강해질 수가 있나?

"레벨업이 아니라 스텝업이었나?"

그러면 말이 된다. 저 절대악, 그사이에 스텝업을 한 모양이다. 교활하게도 스텝업 포인트를 갖고 있던 것 같고.

영상은 신성의 입장에서 보면 정말 처참했다. 절대악의 주먹 한 방을 버티는 신성 플레이어는 단 한 명도 찾아볼 수 없었고, 쿨타임이 끝날 때마다 뿜어져 나오는 저 광역 스킬은 플레이어들 수백을 한꺼번에 도륙했다. 이건 정말 미친 상황이었다.

"진짜 미친놈이네……."

허탈해질 지경이었다. 그러면서도 왼손을 들고 있는 플레이어는 죽이지 않았다. 나시 말해, 전력을 나하고 있지 않다는 뜻. 왼손 들고 있는 사람은 안 죽이는 컨트롤까지 하면서 힘을 써야 한다는 거니까.

'말도 안 되는 생각이지만…….'

신성은 건드리면 안 될 사람을 건드린 게 아닐까? 그런 착각이 아주 잠깐 들었다.

'그나저나 오늘도 그 여자애한테 연락이 없군.'

요즘 그 도도한 여자애가 자꾸만 떠오른다. 19살이라고 했던가. 어쩐지 성숙한 분위기 속에 앳된 피부가 도드라진다했다.

'취직도 시켜줄 수 있고 예뻐해 줄 수 있는데.'

그것도 아주 많이 예뻐해 줄 수 있다. 원래 어린애들이 탱탱하고 좋다. 그는 그렇게 생각했다.

'빨리 자빠뜨려서 먹어야 되는데.'

분위기를 보아하니 처녀다. 그 처녀, 꼭 정복하고 싶었다. 어떻게든 침대로 데려가고 싶다. 그 생각만 해도 아랫도리가 불끈불끈 달아오르는 것 같았다.

그는 자기야말로 건드리면 안 될 사람을 건드리고 있다는 사실을 까맣게 몰랐다.

한주혁은 '진 파천악심공'의 효과에 대단히 만족했다. 진 파천심공과 마찬가지로, 진 파천악심공은 그의 모든 스킬에 영향을 끼쳤다. 본격적인 스킬이라고 해봐야 몇 개 안 된다.

진짜 절대악다운 스킬은 백참격, 심안, 악신 강림, 악의 공간, 악의 독려 정도. 그 외에 부가적으로 평범하지 않은 강력한 주먹, 치명적인 주먹, 위압 정도다.

그런데 저 '절대악다운 스킬'이 굉장히 강력한 능력을 선보였다. 원래부터 강했던 악신 강림이 '진 악신 강림'으로 업그레이드되었다가 '진 파천 악신 강림'으로 상향되었는데 반경이 넓어진 것은 물론이고 공격력이 더해졌다. 그럼에도 불구하고 M/P 소모량은 적어졌으며 쿨타임도 줄어들었다.

한주혁은 여유로웠다. 근 1,000에 달하는 플레이어들을 도륙하면서 스탯창을 살폈다.

〈스탯창〉

(1) 힘: 99(+39) (2) 민첩: 99(+39)

(3) 체력: 99(+39) (4) 지능: 99(+39)

(5) 행운: −99(+39)

(6) H/P: 990/990(+390+396)

(7) M/P: 990/990(+390+396)

(8) 활성 스탯

　－카리스마: 62

　－절대악 포인트: 6

아름답다. 너무나 아름답다. 물론, 그 누구도 '아름답다'고 표현할 수는 없는 괴물 같은 스탯창이지만 한주혁 본인이 느끼기에는 아름다웠다.

상황은 거의 정리됐다. 약 200여 명의 플레이어가 남아 있는데 모두 왼손을 들고 있는 상태.

한주혁이 어깨를 으쓱했다.

"돌아가셔도 좋습니다."

그들은 한주혁의 눈치를 살피면서 한 명, 한 명 자리를 이탈했다. 이들을 강제할 문고리 3인방도 언제 죽었는지 모를 정도로 허무하게 죽어버린 상태. 신성 연합원들도 없는 이 자리에 굳이 남아 있을 필요는 없었다.

절대악은 하청 플레이어들을 정말로 살려줬다.

"내 적은 신성이니까요."

그것은 커다란 반향을 불러일으켰다. 결코 '악'답지 않은 절대악. 그의 행보가 대대적으로 알려졌다. 거의 전설이나 다름없게 되어버린 '르우만 전투'를 통해 절대악이 훨씬 더 유명세를 타기 시작했다. 1 대 200도 아니고, 1 대 2,000의 전투였다.

그러한 수적인 열세 가운데에서도 압도적인 승리를 따냈다. 수많은 한국인, 나아가 세계 유수의 대연합들도 이 결과에 깜짝 놀랐다. 외신들도 주목할 정도였다.

그런데 거기서 끝이 아니었다. 한주혁이 씨익 웃었다.

'지금부터가 진짜지.'

단순히 2천 명과의 전투에서 승리하는 것? 그것이 노림수가 아니었다. 이건 이슈몰이에 불과했을 뿐.

이제부터가 진짜였다.

3장
JTBN 손석기

　한주혁은 그저 플레이어들을 학살하는 것에만 주력을 두지 않았다. 그 와중에 스탯창을 확인했고 주변 지형지물을 확인했다. '그때'와 마찬가지인지 확인하기 위해서.

　'하늘로 흐르는 강과 비슷한 양상.'

　과거 한주혁이 '하늘로 흐르는 강'에서 신성과 부딪쳤을 때 몇 가지 현상들이 일어났었다. 하늘로 흐르는 강이 팽창했다. 다시 말해 사냥터의 반경이 넓어졌다는 소리다.

　그건 지금도 마찬가지였다. 호리병 형태의 이곳. 르우만 골짜기가 넓어지는 것을 확인했다.

　-'르우만 골짜기'가 확장됩니다.

그와 동시에.

'진 파천악심공의 기운이 반응하고.'

진 파천악심공의 기운이 끓어올랐다.

'플레이어들을 대량으로 학살하는 현 상황.'

이러한 것들이 발동 조건인지는 모른다. 다만 그때와 상황이 어느 정도 겹칠 뿐.

뿐만 아니라 저만치 앞에서는 일렁거림이 시작되고 있다.

'그렇다면 이것은 곧⋯⋯.'

−보스 몬스터가 출몰합니다.

'히든 피스가 완성된다.'

그때와 정말 같다면, 이것이 히든 피스의 한 조각이라면 그때와 마찬가지로 또 다른 변화가 시작될 것이다. 한주혁의 예감은 거의 확신이었다.

−'진 파천악심공'의 기운과 '보스 몬스터' 출몰 조건을 만족합니다.

역시 그랬다. 여러 가지 조건과 상황들이 맞물려 지금의 이상황이 벌어졌다. 한주혁이 나서서 플레이어들과 몬스터들을 도륙하면 이러한 상황이 펼쳐진다.

한주혁의 지능은 이미 일반인을 아득히 초월했다. 얼핏 들은 알림이라 할지라도 모든 내용을 기억하는 경지에 이르렀다.

'그리고 이다음은 내 기운이 더욱 팽창하고.'

─진 파천심공의 기운이 맹렬히 팽창합니다!

역시 맞았다. 그는 이다음 단계도 기억하고 있다.

'절대악의 기운이 시너지 효과를 발휘하면서……'

─절대악의 기운이 시너지 효과를 발휘합니다!

'절대악의 강림을 확인하는 알림이 있었지.'

─절대악이 이 땅에 강림하였음을 확인합니다!

저번과 똑같은 양상으로 흘러가고 있다.

'절대악의 기운과 확장된 몬스터 필드의 기운이 반응하고. 특수한 환경의 특수한 조건을 만족한다는 알림으로 이어져.'

─절대악의 기운과 확장된 몬스터 필드의 기운이 반응합니다!
─특수한 환경의 특수한 조건을 만족합니다!

모든 것이 같았다. 천세송이 한주혁 옆에 섰다.

"진짜 아저씨 말대로 되고 있네요?"

한주혁은 대답하지 않았다. 현재의 이 상황에 집중하고 있느라 천세송의 말을 제대로 듣지 않았고, 또 대답도 하지 않았다. 그러한 모습이 천세송에게는 너무나 매력적으로 다가왔다.

'멋있어.'

뭔가에 집중하는 모습. 자신이 말을 걸어도 그다지 신경 쓰지 않는 저 모습. 자기 할 일에 집중하는 저 모습이 진정한 의미의 오빠 같은 느낌이었다. 괜히 심장이 콩닥콩닥 뛰는 것 같았다. 게다가 이 오빠, 그냥 세기만 한 게 아니었다.

'오빠 말이 전부 맞네.'

설명을 미리 들었다. 이러한 상황이 펼쳐질 경우 옆으로 와서 대기하라고. 전투 시나리오들도 설명을 들었다. 혼자서 전략을 못 짜서 그렇지, 시키는 건 곧잘 한다. 그 말을 들었더니 오빠의 말대로 전부 이루어지지 않았는가.

'역시 오빠 말 듣기를 잘했어.'

아무래도 이 오빠한테 책임져 달라고 땡깡이라도 부려야 될 것 같다. 뭐랄까. 의지하고 싶고 앵기고 싶은 그런 느낌이랄까.

한세아가 이 속마음을 안다면 게거품을 물지도 모른다. 내가 아는 천세송이? 그 도도한 천세송이 진짜 그렇다고? 에이,

말도 안 돼. 거짓말하지 마. 물론 모태솔로지만 남자 사귀면 남자를 휘어잡을 것 같은데! 이러면서 말이다. 그런 천세송이 의지하고 싶은 남자를 만났다.

'그러기 전에 나도 의지해도 좋을 만큼 괜찮은 여자가 되어야 해.'

천세송이 다짐하는 사이 알림이 들려왔다.

–특별한 조건을 만족하였습니다!

–히든 피스 한 조각을 완성시켰습니다!

–절대악은 특별한 조건에서, 특별히 생성된 몬스터에게, 특별한 상성을 가집니다.

보스 몬스터 레이드가 시작됐다.

–보스 몬스터 레이드 퀘스트가 주어집니다!

르우만 골짜기는 신성이 자랑하는 대표적인 사냥터다. 이른바 황금알을 낳는 사냥터. 정시마다 수많은 몬스터가 생성된다. 지뢰매설 작업을 하기도 편하고 대략 2천에 가까운 플레이어들을 동원하여 수많은 블루 스톤을 얻는 곳이기도

하다.

이곳에서 대량으로 출몰하는 몬스터는 두 종류다. 두더지 형태의 '디그디그'. 포유류 두더지가 아니라, 두더지 잡기 게임에 등장하는 두더지처럼 생겼다. 땅속에 숨어 있다가 이따금 지상으로 모습을 드러낸다. 두더지 잡기 게임처럼 말이다.

평소에는 굉장히 순하게 생긴 몬스터인데, 플레이어를 직접 공격할 때에는 입이 좌우로 찢어지며 날카로운 이빨을 보이며 흉측한 얼굴로 변한다.

또 다른 몬스터는 '블루 아르마딜로'다. 전체적으로 아르마딜로의 형상을 띠고 있는데 피부의 색깔이 푸른색이다. 화가 나면 이 푸른 껍질이 붉은색으로 변하고 자폭을 하게 되는데, 그 폭발력이 상당히 강해서 주위에 큰 피해를 입히는 몬스터다. 다만 지형의 특성상 플레이어에게는 위협이 되지 않고 주변의 다른 블루 아르마딜로나 디그디그를 공격하긴 했지만.

–보스 몬스터. 더블 디그디그가 생성됩니다.
–보스 몬스터. 블랙 아르마딜로가 생성됩니다.

한주혁이 앞을 쳐다봤다. 역시 예상과 마찬가지다. 절대악이 나타나서 히든 피스를 만족시키면 보스 몬스터가 새로이 생성되는데, 그 보스 몬스터는 마치 풀카오처럼 검은색 기운을 풀풀 풍겼다. 일반 디그디그와 블루 아르마딜로보다 세 배 이상 컸다.

한주혁이 걸음을 옮겼다.

–보스 몬스터들이 두려움에 떨고 있습니다!
–강력한 기운이 보스 몬스터들에게 위압감을 선사합니다!

저번에 생성된 스킬. 위압 덕분이다.

〈위압〉

절대자의 권능이 담긴 무형의 기운을 내뿜는 스킬.

효과: '흑' 계열 몬스터와 '마' 계열 몬스터에게 극도의 공포감을 선사.

위압의 영향을 받은 보스 몬스터들은 그 강함과는 별개로 한주혁과 싸우고 싶지 않아 했다. 한주혁이 걸음을 옮길 때마다, 놈들에게 가까이 다가갈 때마다 보스 몬스터 두 마리는 뒷걸음질 쳤다. 더블 디그디그는 아예 땅속으로 숨어버렸다.

한주혁은 심안을 사용하여 마나 흐름을 읽었다. 정확하게 읽히지는 않아도 대략적으로 공격할 의사가 있는지 없는지 정도는 알아차렸다.

'공격 의사는 없고.'

그럼 루펜달이나 천세송이 위험할 일도 별로 없다.

어느새 땅에 착지한 꼬꼬가 마치 '너희들은 나를 무서워하지! 나는 제왕이다! 나를 두려워해라!'라고 주장하는 것처럼 엉덩이를 씰룩거리며 허세를 부렸다. 이 주인님이 내 주인님이다! 어떠냐? 무섭지? 라고 약 올리는 것처럼.

루펜달에 의해 이 상황은 실시간으로 중계되고 있다.

—저게 뭐지?

—저번에 하늘로 흐르는 강에서도 이상한 보스 몹들 나왔다고 했는데. 그런 거 같음.

—근데 보스 몬스터가 쫄은 거 같은데?

아무래도 그런 것 같았다.

—저 봐. 절대악이 진짜 가까이 다가감. 절벽 때문에 도망치지도 못하는데?

—아르마딜로가 저렇게 온순한 몬스터였음?

—심지어 보스 몹인데? 일반 블아(블루 아르마딜로)보다 훨씬 세 보이는데?

그들이 보고 있는 보스 몬스터 '블랙 아르마딜로'는 너무나 연약했다.

블랙 아르마딜로는 마치 순종적인 강아지처럼 땅바닥에 앉았다. 한주혁이 블랙 아르마딜로의 머리를 쓰다듬었다.

"안 잡아먹을게."

그 말을 알아들은 건지. 블랙 아르마딜로는 몸을 바르르 떨고서는 그저 애처로운 눈망울로 절대악을 쳐다보기만 했다.

영상은 제대로 찍혔다. 보스 몬스터 두 마리가 절대악에게 상대조차 되지 않는다는 것. 영상을 통해 플레이어들에게 알려졌을 터.

한주혁은 보스 몬스터들을 남기고 자리를 떴다. 사람들은 왜 절대악이 자리를 떴는지. 보스 몹을 왜 잡지 않았는지에 대해 온갖 추측을 쏟아냈다.

왜 그랬는지. 그 이유는 금방 밝혀졌다.

중소연합. 렉사스의 대표인 로안은 욕을 내뱉었다.

"씨팔……!"

빌어먹을. 동영상으로 봤을 때 저 보스 몬스터는 더럽게 약해 보였는데, 실제 마주하니 미쳤다. 너무 강했다. 더군다나 '더블 디그디그'는 아예 절벽을 뚫고 올라와서 위에 있는 플레이어들을 학살했다. 피해가 어마어마했다. 보스 몬스터들이 약한 게 아니라 절대악이 지나치게 강했던 것이었다.

르우만 골짜기의 난이도가 갑자기 대폭 상승했다. 렉사스의 주 작업장이 바로 이곳. 르우만 골짜기가 아니었던가.

'문고리 3인방 개새끼들.'

게네 앞에서 그렇게 아부를 떨고 신성을 찬양했건만, 눈도
장도 찍었건만. 그들은 자신을 신경조차 써주지 않았다. 그들
입장에서 자신은 그냥 흔하디흔한 중소연합의 연합장으로 보
였을 거라 생각하니 분통이 터졌다.

'이럴 거면 그냥 왼손 들고 서 있을걸.'

차라리 그게 나을 뻔했다.

"연합장님, 블랙 몹들이 출몰합니다."

"나도 알아요!"

로안은 저도 모르게 버럭 성질을 내고 말았다. 보스 몬스터
만으로도 미치고 팔딱 뛰겠는데, 평균적인 놈들. 그러니까 원
래 디그디그와 블루 아르마딜로의 몸에서도 검은색 기운이 폴
폴 풍겨져 나오고 있다.

하늘로 흐르는 강과 마찬가지였다. 절대악이 한 차례 휩쓸
고 지나간 곳에서는 '블랙 몬스터'들이 나타나기 시작했고 그
블랙 몬스터들은 일반 몬스터들보다 훨씬 강했다.

1번 성좌인 강무석이 입술을 잘근잘근 깨물었다.

"용의주도한 새끼……."

'하늘로 흐르는 강'에서의 수익이 많이 줄었다. 당연하다.
사냥터의 난이도는 갑자기 높아졌는데 보상은 똑같다? 인력

은 더 필요한데 보상은 똑같다는 얘기다. 수익성이 나빠질 수밖에.

그래도 '하늘로 흐르는 강'은 좀 나은 편이었다. 워낙에 고레벨 플레이어들이 사냥하는 사냥터였으니까. 난이도 향상에 따른 불이익이 상대적으로 적은 편이었다.

이곳은 강무석의 집무실. 이곳에서 유리아가 침을 퉤 뱉었다.

"오빠, 그냥 둘 거야?"

유리아도 절대악에게 뼈아픈 패배를 당했다. 뼈아픈 패배 정도가 아니라 농락당했다. 절대악이 직접 나선 것도 아니고 펫한테 당했다. 펫 대 펫의 싸움으로 완벽한 패배를 당했고, 그것은 한국 제일의 테이머라는 자부심을 갖고 사는 유리아의 자존심에 큰 상처를 냈다.

"신성의 이사라는 인간이 발리기나 하고. 도대체 뭐하는 거야?"

"방심했어."

"방심치고는 니무 처참하게 발리딘데?"

강무석은 유리아의 얼굴에 주먹을 꽂아 넣고 싶었다. 남의 집무실에서 침을 퉤퉤 뱉는 거 하며, 함부로 말하는 거 하며.

'Siri와 태르민 아니면 아무것도 아닌 년이.'

아카데미 특혜 역시 Siri의 입김이 들어가서 받은 거다. 강무석은 안다. 유리아의 테이밍 실력, 컨트롤 능력이 일반인 이

하라는 것을. 다만 로열패밀리인 태르민 일가이기 때문에. 그래서 지금의 위치에 있는 거다. 강무석은 마음을 다스렸다.

'언젠가는 네년도 처참하게 밟아주마.'

하지만 지금은 아니었다.

'방법을 찾아야 돼.'

신성이 먼저 척살령을 내렸다. 그런데 신성에게 막대한 타격이 왔다.

하늘로 흐르는 강에 이어 르우만 골짜기까지 수익성이 엄청나게 악화됐다. 그 두 곳만큼 큰 수익이 나는 곳은 아니지만 그래도 월 억 단위의 매출이 나오는 기르칵투 동굴까지도 그 수익성이 엄청나게 악화됐다. 블랙 몹들이 나타나면서 말이다. 단순히 이 세 곳 작업장만 그렇다면 그렇다 칠 수 있겠는데. 그렇지 않다는 게 문제였다.

-대박. 절대악 또 나타남.

-신성 연합원들 또 쓸려나감. 전투가 아니라 그냥 학살임.

-헐. 또 블랙 몹 나타남.

-신성 타격 장난 아니겠는데.

절대악이 또다시 헤집고 다니기 시작했다는 거다. 신성의 주요 사냥터들을 속속들이 골라서.

벌써 다섯 군데 습격을 받았다. 신성은 그에 대해 제대로 된

반격을 하지 못했다. 절대악의 이름값이 가파르게 급상승했고, 신성은 긴급 비상대책 회의를 소집했다.

같은 시각.

한주혁은 또다시 신성 연합원들을 맞척살했다. 이쯤 되니 절대악은 신성 연합원들의 공포로 군림할 정도였다.

그런데 그때. 귓말이 들려왔다.

─절대악님의 행보에 깊은 찬사를 보냅니다. 매우 감명 깊게 보고 있습니다. 소연합 JTBN을 이끌고 있는 손석기라 합니다.

한주혁은 평소에 귓말을 잘 안 받는 편이다. 대부분 거부한다.

그런데 이번에는 그냥 귓말을 받았다. 변덕이었고 우연이었다. 게임하다 보면 그럴 때 있다. 괜히 지나가는 사람한테 버프 한 번 걸어주고, 괜히 한 번 잘 알려주고. 심심하면 버스도 태워준다. 그런 경우가 흔하지는 않지만 이번에는 그냥 귓말을 받고 싶었다.

─반갑습니다.

─귓말을 받아주시는군요. 감사합니다. 바쁘실 테니 본론만 간단하게 얘기해도 되겠습니까?

별별 귓말이 다 왔다. 정상적인 응원 귓말에서부터 돈 좀 달라. 좀 키워줘라. 멋있다. 사랑한다. 형이랑 사귀고 싶다. 기타 등등. 그렇다 보니 오히려 이런 스타일이 좋았다. 간략하고 빠르게 본론만 말하는 사람.

−좋습니다. 말해보세요.

마침 몬스터들도 사라진 상태. 리젠 되려면 5분 정도의 시간이 있다.

−현재 한국의 언론은 대연합들에 잠식당한 상태입니다. 그 어떠한 짓을 해도 대연합은 용서받습니다. 아니, 오히려 영웅이 되고 있습니다. 제 클래스는 언론인입니다.

언론인이라는 클래스가 있나? 한주혁이 고개를 갸웃할 때, 손석기는 스크린샷을 첨부하여 한주혁에게 보냈다.

−이런 것도 가능하군요.

−제 클래스가 언론인이기 때문입니다.

별별 클래스가 다 있는 올림푸스라지만 언론인이라니. 재미있었다. 스크린샷을 첨부하여 상대에게 직접 전송할 수도 있다니.

−네, 언론인이 맞네요.

−현재 언론에서는 절대악을 사회악으로 규정하고 기존 사회체제를 흔들며 사회를 불안하게 만드는 반동분자. 소위 말하는 반란세력으로 규정하고 있습니다.

그 말이 맞다. 한주혁이 매스컴을 제대로 살피지 않아서 그렇지, 공중파에서는 온갖 전문가들이 쏟아져 나와서 절대악이 초래하는 대한민국 균열 현상을 강도 높게 비난했다.

―저는 그렇게 생각하지 않습니다. 오히려 절대악은 기존의 불합리하고 공정하지 못한 체제를 지극히 상식적인 방향으로 바꿔놓으려는 것으로 풀이합니다.

사실 그렇게까지 거창하지는 않다. 저쪽이 척살령을 걸었고, 그래서 이쪽도 맞척살령을 내렸을 뿐이다. 그 와중에 수많은 대중과 싸울 수 없기에 이러한 전략을 택하고 있는 부분도 있다.

그렇지만 한주혁도 안다.

지금의 이 사회. 그러니까 금수저만이 금수저를 낳을 수 있고 흙수저는 금수저가 될 수 없는 이 사회가 그다지 상식적이지 않은 사회라는 것을 말이다. 신성과 엘진 소속의, 소위 말하는 '신귀족 세력'들을 만나면서 그런 생각이 더욱 강해졌다.

―좋게 봐주시니 감사합니다.

―절대악께서 어마어마한 무력을 가진 것은 인정하지만…….. 올림푸스 영상만으로는 한계가 있습니다.

한국은 올림푸스 매니아가 타국에 비해 활성화되지 않은 곳 중 하나다. 젊은 층이야 많이 이용한다 치지만, 그래도 장년 이상의 수많은 사람은 올림푸스 매니아를 통해 정보를 얻기보다는 연합과 TV 등을 통해 정보를 얻는다.

―한국의 수많은 이들의 눈과 귀가 닫혀 있는 현 상황이, 저는 너무나 통곡스럽고 가슴이 아픕니다. 국민들에게는 진실을 마주할 권리가 있습니다.

―곧 리젠이 되겠네요. 그래서 요점이 뭐죠?

―제가 절대악에 관한 영상을 재편집하고 제가 하는 작은 방송에서 절대악에 관하여 다루고자 합니다.

JTBN 연합은 일반 연합과는 조금 다르다고 했다. 대부분이 '언론인'과 관계된 특수 클래스를 가지고 있으며 그를 토대로 취재를 하면서 레벨을 올린단다.

―보다 현 상황을 객관적으로, 제3자의 입장에서 풀이하면서 진행할 예정입니다. 루펜달 님께서 촬영하는 촬영 영상의 복사본을 저희에게 주시면 저희 쪽에서 재편집과 가공을 통해 거대 언론들과는 다른 영상을 만들어 보이겠습니다.

한주혁에게는 나쁠 것이 없는 제안이었다. 다른 무언가를 할 필요가 없다. 루펜달이 조금 더 바빠질 뿐이지. 주인이 뛰어날수록 펫이 바빠지는 거야 당연한 거 아니겠는가.

그 말을 들은 루펜달이 활짝 웃었다.

"맡겨만 주십시오, 형님! 펫 1호! 루펜달이 있지 않습니까!"

오히려 일을 더 맡겨준 것에 대해서 행복해했다. 펫 1호로서의 자리를 더욱 공고히 지킬 수 있다는 생각이 들었다.

"JTBN의 연합장 손석기와 연계하여 형님의 잘난 영상을 찍어 보이도록 하겠습니다!"

시작은 작았다.

한주혁의 파격적인 행보는 세간에 충격을 불러일으켰다. 한주혁은 '블랙 보스 몹'을 살려둠으로써 블랙 보스 몹이 어마어마한 능력을 가졌다는 것을 몸소 보여주었고, 이후 그 몬스터를 사냥함으로써 절대악의 위상을 드높였다. 그리고 그곳을 무료 사냥터로 대중에 공개해 버렸다.

매스컴에서는 한주혁에 대해 이렇게 묘사했다.

—사회 체제를 뒤흔드는 불안요소.

—대한민국 전체에 막대한 피해를 입히는 절대악.

—클래스명 절대악. 그 행보 역시 절대악.

—대연합 신성. 막대한 피해를 입다! 수많은 연합원들 거리로 나앉을 지경.

오죽하면 한주혁의 부모님들조차도 매일 터져 나오는 뉴스를 보면서 혀를 끌끌 찼다. 신성의 손해가 이만저만이 아닐 거라고. 신성은 한국을 대표하는 글로벌 대연합이고, 이렇게 손해가 커지면 그게 곧 한국의 피해라고 여기는 듯했다.

한세아는 천세송과 함께 커피숍에 앉았다. 핸드폰으로 뉴스를 좀 살펴봤다.

"어쩜 이렇게 욕밖에 없어?"

이 정도면 정말로 인터넷 댓글부대가 따로 존재하는 게 아닐까 싶을 정도다. 설마 진짜로 댓글부대가 여론을 조작하기야 하겠냐마는.

천세송 역시 기분이 별로 좋지 못했다. 2개월 뒤, 미래의 남자 친구가(어디까지나 천세송의 욕망이다.) 욕을 먹는데 기분이 좋을 예비 여자 친구가 어디 있겠는가.

"사냥터를 전부 무료 개방했다는 것에서 기존 연합들 반발이 엄청 심하대."

"사냥터 관리가 안 돼서 엉망이라고?"

절대악에 대한 부정적인 기사들이 쏟아져 나왔다. 한주혁이 '르우만 골짜기'를 무료로 공개하겠다고 얘기했다. 그러면서 플레이어들이 잡기 힘들어하는 블랙 보스 몬스터들을 대신 사냥해 줬다.

기존에 신성 관리하의 사냥터였다. 신성 연합원 혹은 하청 연합원이 아니면 사냥 자체가 불가능한, '황금알을 낳는 사냥터'. 그런데 그곳이 지금 지옥으로 변했단다.

한세아는 황당했다.

"가보기는 하고 쓰는 건가?"

한세아가 본 르우만 골짜기는 절대 그렇지 않았다. 오히려 갈 곳 없고 힘없던 사람들이 그곳에서 희망을 얻고 있는 중이다. 명예퇴직을 했지만 수익이 필요한 이들. 능력은 충분한데 입사를 하지 못한 젊은이들. 수많은 소연합장들. 그들이 르우만 골짜기에서 사냥을 시작했다.

물론 피해도 컸다. 지뢰가 매설되어 있기도 했고(신성에서 악의적으로 계속 매설 중이다.) 아직 블랙 디그디그와 블랙 아르마딜로 사냥에 대한 노하우도 없어서 그랬다.

한세아는 인상을 잔뜩 찡그렸다.

"처음 잡는 몬스터니까 당연히 피해도 크지."

그건 당연한 거였다.

"그럼에도 불구하고 사람들이 계속 몰리는 이유가 뭐겠어? 돈이 되니까 그렇지. 그리고 솔직히 무슨 관리가 필요해? 지들이 게임 관리자도 아니고."

"맞아. 오히려 자유 사냥을 통해 사냥해서 블루 스톤 몇 개만 얻어도 일반 월급보다는 훨씬 더 벌걸?"

같은 시각. 인터넷 방송을 하는 'JTBN'이라는 채널이 인기를 얻기 시작했다.

JTBN이라는 인터넷 방송이 있다. 이 인터넷 방송은 젊은 층이 주로 찾아보는 소규모 방송이었는데 최근 이 방송을 시청하는 사람의 숫자가 10만을 돌파했다.

─앵커브리핑을 시작하겠습니다. 지금까지는 대연합의 주도로 사냥이 이루어졌습니다.

대연합 주도. 레벨 20~30대 플레이어는 30~40대 몬스터를 잡았다. 팀을 이루어서. 한 마리를 잡는데 7명 정도가 붙어서 몇 시간 동안, 대연합이 정해준 매뉴얼에 따라 작업을 진행한다. 원래는 그렇다.

─그러나 그 매뉴얼이 정말로 안전하고 효과적인 매뉴얼이었을까요?

JTBN에서 말하는 '그 매뉴얼'은 그다지 효용성이 없었다.

─우리가 여태까지 사냥했던 그 몬스터들이, 사실은 우리의 수준보다 너무 높았던 것이고. 그래서 제대로 사냥하지 못했고. 우리는 연합이라는 체제 안에 녹아들어 가서 사냥의 자유를 빼앗겼었습니다.

연합의 비호와 매뉴얼이 없으면 몬스터를 못 잡는다. 원래 능력보다 더 강한 몬스터를 잡게 되어 있으니까. 그렇다고 능력에 맞는 몬스터도 못 잡는다. 사냥터에 대한 사냥권을 연합들이 독점하고 있으니까. 그런 구조를 대연합과 정부가 만들었다.

—올림푸스의 땅과 사냥터가 과연 그들의 전유물일까요? 누가 그 권리를 만들었고 그 사냥권이라는 것을 준 걸까요?

JTBN에서는 다른 방송들과는 다른 각도에서 '르우만 골짜기'를 집중 조명했다. 피해가 많이 나오기는 나왔다. 아직 노하우가 없으니까. 그러나 몇몇 플레이어들은 디그디그를 사냥하는 데 성공했고, 블루 아르마딜로를 사냥하는 데에 성공했다. 운이 좋은 경우 블루 스톤을 획득했다. 블루 스톤은 하나에 500만 원에 달한다.

—블루 스톤은 1개에 500만 골드 선에서 거래됩니다. 우리가 연합원일 때에, 이 땅에 살아가는 수많은 젊은이가 연합의 체제 아래에서 1인당 평균적으로 한 달에 7개의 블루 스톤을 작업합니다.

그럼에도 불구하고 젊은이의 평균 임금은 200이 채 안 되는 경우가 허다했다. 대연합의 경우는 300 정도. 블루 스톤 7개면 단순 계산으로도 3,500에 달한다.

—나머지 수익금은 어디로 가는 걸까요? 지금의 사냥 방식이 정말 이 체제를 유지하고 관리하는 데에 유용한 사냥 방식일까요?

수많은 언론이 절대악에 대한 비난을 쏟아냈지만 JTBN은 달랐다. 새로운 각도에서 르우만 골짜기를 살폈고 실제로 르우만 골짜기에서 성공하는 플레이어들이 나오기 시작했다.

―절대악은 난이도가 너무 높은 블랙 보스 몬스터들을 앞장서서 사살하여 주었고, 그에 따라 많은 플레이어가 자유의지를 가지고 르우만 골짜기에서 수익을 올리고 있습니다. 이것이, 사회 혼란이라고 하는 현 상황의 실제 주소입니다.

르우만 골짜기에서 자유롭게 사냥하는 이들. 사람들은 이들을 '자유 플레이어'들이라고 부르기 시작했다. 르우만 골짜기에 몰려든 사람들은 놀라워했다.

"이거……. 진짜인데?"

왼쪽 가슴에 붉은색 리본을 차고 있으면 절대악에게 PK를 당하지 않는다. 신성 연합원들은 무조건적인 척살을 당했고, 그에 따라 플레이어들은 자유로운 사냥이 가능해졌다.

누군가 한 명이 또 블루 스톤을 얻었다.

"블루 스톤이다!"

한 명이 아니었다.

"블루 스톤이다!"

또 다른 사람도 블루 스톤을 얻었다.

"진짜 블루 스톤이라고!"

진짜였다. 이 상황은 꿈이 아니었다. 블루 스톤을 얻었다. 그런데 그게 연합 소유가 아니라, 그냥 파티원들의 것이다. 한주혁은 이 사냥터를 그냥 자유롭게 쓰도록 내버려 뒀다.

게임을 할 때, 일정 구역에 주인이 생기고 그 사냥터를 독점하는 것. 그걸 원래는 비매너 행위로 부른다. 시스템이 인정하는 '주인'이 있는 '영지'가 아닌 이상에야, 모든 사냥터는 모두에게 무료로 공개되는 곳이니까.

"근데 절대악이 왜 절대악이야?"

수많은 이가 이곳에서 더 많은 수익을 올리게 됐다. 신성 연합의 상위층. 그러니까 '신귀족 세력'이 독점하던 수익들이 아래로 점차 뻗어 나가기 시작한 거니까. 르우만 골짜기에서 사냥을 시작한 사람들은 절대악이 왜 절대악인지 이해할 수 없었다.

오히려 그 사람들 가운데에 절대악을 칭송하는 목소리가 높아졌다. 절대악이 없었으면 이 사냥터에서 사냥할 수 없었을 거다. 물론, 과거에 비해 난이도가 높아져서 수익성이 나빠졌다고는 하지만 그렇고는 해도 월급을 받는 월급쟁이 때보다 훨씬 큰 수익을 올리고 있는 게 현실이다.

"신귀족 새끼들이 하도 해 처먹었으니 우리한테 떨어지는 게 얼마 되지도 않았던 거지."

"하청에 하청에 하청에 하청. 중간 관리자 새끼들만 돈을 다 먹는 거야."

"이렇게만 벌어도 중산층이 확 늘어나겠구만."

"이런 사냥터를 한두 개도 아니고 수백, 아니, 수천 개를 독점하고 있는 거잖아. 신성 같은 글로벌 대연합은."

그들은 신세계를 경험했고 무료로 개방된 사냥터에서 예전보다 더 큰 수익을 올리기 시작했다. 이러한 사실은 JTBN을 통해 좀 더 다듬어져서 세상 밖으로 조금씩 알려지기 시작했다.

며칠이 흘렀을 때. 신성 연합의 대연합장 강무환이 직접 입을 열었다.

"지금 절대악이 하고 있는 행위는……. 기존 시장질서를 완전히 어지럽히는 것으로서 사회 질서의 혼란을 초래하고 한국 사회를 균열시키는 데에 일조하고 있습니다."

그래서 신성이 대대적으로 선포했다.

"저 강무환이 직접 절대악과의 전쟁을 선포합니다."

한주혁이 피식 웃었다.

"시르티안, 네 말대로 진행되고 있군."

한국의 전설이라 할 수 있는 강무환이 직접 움직일 것 같다. 한주혁도 JTBN을 통해 발표했다. 신성의 도전. 얼마든지 받아준다고.

대연합 신성과 한주혁의 진짜 전쟁이 시작됐다. 그 시작은 한주혁의 영지. 카고누스 산맥 서쪽. 대연합 신성의 대군이 한주혁의 영지로 향했다. 영지전에서 패배하면 영지를 소유하고 있는 영주는 상대 영주의 명령을 받들든가, 영지를 포기해야 한다. 최악의 경우 '델리트 권능(캐릭터 삭제 권능)'이 담긴 영주의 검으로 처형을 당할 수도 있다.

현재 알려지기로 절대악이 가지고 있는 영지는 단 하나. 그 하나만 굴복시키면 되는 거다. 신성 연합 입장에서는 아주 쉬운 먹잇감이었다. 영지전에서는 그 무엇보다도 '숫자'가 중요하니까. 개인 대 연합의 싸움. 승자는 거의 정해져 있다고 봐도 좋을 정도다.

원래는 그랬다.

4장
절대악의 쓰레기 스킬(?)

　젊은 층을 중심으로 절대악에 대한 평가가 많이 엇갈렸다. 기득권 세력을 부수고 사회 혼란을 야기하는, 말하자면 선동꾼이라 주장하는 쪽. 그리고 반대로 이 불합리한 세상을 개혁할 수 있는 혁명가.

　그 혁명가가 JTBN이라는 좀 더 전문적인 채널을 통하여 이렇게 발표했다.

　-신성의 도전. 얼마든지 받아주겠습니다.

　그것은 또 하나의 커다란 이슈가 됐다. 일개 개인이 무려 대연합 신성을 향해 도전을 받아준다고 했다. 도전을 받는다는 건 챔피언이 도전자에게나 할 수 있는 말이다.

-대박이다. 신성을 상대로 저런 말을 했어?

　-도전을 받아준대. 와, 패기 지린다.

　절대악은 신성의 영지전 신청을 '도전'이라고 못 박았으며 신성에게 그다지 위험을 느끼지 않는 듯한 태도를 취했다. 이 상황은 '절대악의 패기'라는 제목으로 인터넷을 떠돌았다.

　-그런데 아무리 절대악이 강해도 영지전에서는 절대적으로 불리한 거 아님?

　-그럴 수밖에 없지. 기본적인 인구수가 딸리는데.

　-빈집털이도 못 함. 성벽은 공격하기 힘들잖아. 인구수 딸리면 데미지 제대로 먹지도 않음.

　-영지전에서는 병력의 숫자가 진짜 중요함. 일단 성벽은 동시다발적으로 여러 군데에서 일정 이상의 데미지가 들어가야 파괴되고 또 각기 다른 곳에 있는 3개의 영지 크리스탈을 일정시간 이상 지켜내야 하는데……. 병력이 제대로 갖춰져 있지 않으면 그거 지키기 힘듦. 크리스탈 못 지키면 그 즉시 성벽 복원되고 밖으로 쫓겨남.

　절대악의 패기는 높이 사지만, 그래도 영지전의 룰을 따르면 절대악이 한참 불리할 것이라는 예상이 지배적이었다.

　한세아가 오랜만에 오빠 방을 찾았다. 한주혁의 침대에 앉았다.

"오빠, 근데 정말 괜찮겠어?"

"괜찮지 그럼."

"근데 잘못되면 어떡해?"

"왜 잘못되냐?"

까딱 잘못하면 영지가 통째로 넘어간다. 이미 초기 자본으로 수백억 이상을 투자했고 사회인프라를 만들려 조 단위의 골드를 쏟아붓고 있는 상황인데 이 영지의 소유권이 넘어간다면?

'으. 생각만 해도 배 아파.'

그건 그렇다 치더라도 영지전에서 패배하면 상대 영주의 말을 들어야 한다. 시스템상 그렇게 되어 있다. 어지간하면 일어나지 않지만 정말 최악의 경우는 캐릭터 삭제가 되는 일도 발생할 수 있다.

"오빠는 영지가 하나밖에 없잖아. 그거 하나 뺏기면 끝인데?"

힌주혁이 피식 웃었다.

"두 개야."

"……응?"

세상 사람들은 한주혁의 본진이 카고누스 산맥 서쪽. 버려진 영지 세르니아가 본진인 줄 알지만 사실 한주혁의 본진은 '스카이데블의 은신처' 필드 내에 있는 수도 '나안'이다.

"아 맞다. 오빠 두 개였지."

본진이 거기고 세르니아가 멀다. 문제는 본진이 꼭꼭 숨겨져 있다는 것. 그 강대한 힘을 가진 에르페스 제국이 눈에 불을 켜고 찾고 있음에도 불구하고 찾지 못하고 있는 그곳. 에르페스 제국이 못 찾았으면 유저도 못 찾는다. 그러니까 한주혁은, 아무리 망해도 최악의 경우를 맞이할 일은 없다는 뜻이다.

"근데 강무환이 직접 나서면 좀 위험한 거 아냐? 공식적으로는 80 몇인데……. 실제로는 더 높을 수도 있잖아. 성좌들처럼."

"내가 더 세."

레벨 130? 히든 클래스?

별로 의미 없다. 진 파천심공도 아니고 진 파천악심공을 익혔더니 또 모든 스탯이 약 10씩 더 올랐다. 한주혁쯤 되면 스탯 1 올리는 데 스탯 포인트가 11개 정도 필요하다. 11개라 함은 곧 6레벨업이 필요하다는 소리다. 그런데 그 스탯이 10이 올랐다. 단순 계산으로 치면 스탯 10 올리는 데 60레벨업이 필요하다는 얘기.

'모든 스탯이 전부 다 올랐거든.'

그런데 4대 스탯이 전부 올랐다. 수치상으로만 계산하면 60 레벨업을 네 번 한 것과 일맥상통한다. 다시 말해 40 스탯 포인트를 투자하여 진 파천심공을 진 파천악심공으로 업그레이드했고 그것은 240 레벨업의 효과를 냈다.

'정 안 되면 한 번 더 올리지 뭐.'

레벨 130? 레전드급 아이템? 그것도 막강한 신체 능력 차이는 어쩌지 못할 것이다. 저번 '하늘로 흐르는 강' 전투에서 루펜의 92억짜리 레어급 아이템 송화검도 맨손으로 부숴 버렸던 한주혁이다.

그때보다 레벨업으로 치면 240업을 더했다. 한주혁이 물었다. 한주혁 자신 앞에서 레벨은 별로 의미 없다.

"성좌들 동향은 어때?"

"우리는 퀘스트 깬다고 정신없어. 이거 하는 동안은 다른 곳에 신경 쓰지 못할 것 같아. 근데 이거 보상 엄청 줄 거 같은데. 왠지 느낌이…… 오빠만큼 강해질 수도 있을 거 같아."

"그래?"

"근데 그건 그거고. 나는 오빠가 얘네들 진짜 다 발라주면 좋겠어. 진짜 개재수 없어. 그 유리아 알지? 오빠한테 완전 발린 그 테이머. 걔는 성좌도 아닌데 성좌 퀘스트에 같이 참여하더라? 근데 뭐라는지 알아?"

"뭐라는데?"

"절대악 같은 출신도 모르는 천민새끼가 벌이는 시트콤에 맞춰줄 필요 없대. 귀족은 귀족답게. 천민과는 어울리지 않아야 한대. 격 떨어지고 서민 냄새나서 싫대. 미친 거 아냐?"

한주혁은 피식 웃고서 한세아의 머리를 슥슥 문질렀다. 처음에 할 때는 진짜 어색하고 오그라들었는데, 이게 또 하다 보니 제법 느낌이 괜찮았다. 절대악 하고 나서 동생과의 우애가 많이 좋아졌다.

"난 접속한다."

승마공주 유리아. 아직 혼이 좀 덜 난 거 같다. 생각하면서.

시르티안이 말했다.

"그들은 전략을 별로 중요하게 생각하지 않을 가능성이 큽니다."

수적인 열세가 너무 크다. 아무리 절대악이고 앱솔루트 네크로맨서라고 해도, 전면전에 있어서 병력의 숫자가 중요하지 않다는 건 아니니까.

앱솔루트 네크로맨서가 절대악의 도움을 받아 1만이 넘는 병력을 소환한다고는 하더라도 그건 어디까지나 벌레형 소형 언데드다. 게다가 '벌레형 언데드'에 대한 대비도 어느 정도 하고 올 터. 그런데 그 숫자가 2만이 넘는다. 200에 이어 2,000이더니, 이번에는 20,000이 몰려오는 셈이다.

"영지전의 룰은 주군께 매우 불리합니다. 기본적인 병력이 뒷받침되지 않으면 승리가 불가능합니다. 스카이데블의 장로들을 움직이는 것은…… 에르페스 제국까지 움직이게 할 수 있어서 위험합니다."

그리하여 결국 적들이 예상하는, 이쪽의 반응은 한 가지일 것이다.

"세르니아 방어에 주력하면서 게릴라전을 펼칠 것이라 가정하여 다가올 것입니다. 또한 압도적인 병력의 숫자로 길목을 틀어막아 군수품 조달을 막겠지요. 모든 NPC가 아사하는 것을 기다릴지도 모릅니다."

영지에 등록된 NPC가 모두 죽으면 영지전은 패배로 이어진다.

"그것이 여유로운 자가 취할 수 있는 가장 상책의 전략입니다."

이쪽의 병력이라고 해봐야 기본 NPC들 수십 명, 마을 NPC 수십 명 정도다. 시르티안이 파악하기로 NPC의 숫자는 172명. 어쨌든 그들이 먹고 마실 수 있어야 한다. 세르니아 안에 물줄기가 흐르니 식수는 해결된다 치더라도 식량은 자급자족하기 어려운 상황.

"저들은 천천히 저희의 목줄을 노려올 것입니다. 이 안에서 말라죽기를 기다리면서 말입니다."

다만, 저들이 한 가지 놓치고 있는 것이 있다면 워프 포탈의 존재였다.

"오늘부로 워프 포탈을 가동하였습니다. 가동 에너지원은 레드 스톤입니다."

세르니아 안은 자급자족이 가능했다. 시간을 아무리 끌어도 상관없을 정도로.

꿈

강무환은 한국의 살아 있는 전설이다. 공식적인 레벨은 89. 대연합 신성을 이끌고 있는 대연합장. 어쩌면 대통령보다도 더 위에 있는, 신성 공화국이라고까지 불리는 대한민국의 연합장.

그가 말했다.

"서두를 필요 없다. 어차피 자급자족이 불가능한 상황. 천천히 말라죽기를 기다리면 된다."

성가신 벌레형 언데들에 대한 대비는 해왔다. 화염계 마법사들을 많이 데려왔으며 상위 고위 NPC들을 동원하여 레드스톤을 사용한, 벌레 몬스터에 대해 강력한 우위를 점하는 스크롤도 많이 가져왔다.

"놈은 영지에서 농성하면서 게릴라전을 펼치겠지."

절대악은 강하다. 그것도 아주 많이 강하다. 어쩌면 자신보다도 더 강할 수도 있다. 그러나 혼자서는 아무것도 할 수 없다. 끽해야 게릴라전이겠지.

'NPC들이 모두 굶어 죽는 것도 영지전 패배로 인정된다는 것을 모르지는 않을 터.'

그것을 모르지는 않을 테지만 방법이 없을 것이다. 한국 내 워프 포탈은 속속들이 다 꿰고 있다. 신성. 그리고 신성과 연계된 모든 연합에서 확인했다. 세르니아와 연결된 또 다른 워프 포탈은 존재하지 않았다. 적어도 한국 대륙에는 말이다.

'알면서도 당할 수밖에 없을 것이다.'

그게 바로 대연합이 가지는 힘이다. 2만 명의 신성 연합군이 세르니아 근처까지 진격했다. 그리고 밤이 되었다.

⁂

에르페스 제국. 플레이어들의 일에는 거의 간섭하지 않는 강대한 제국의 정보부가 움직였다.

"플레이어들 사이에 절대악이라는 혁명가가 나타난 모양입니다. 세르니아 서부에 대리자를 통하여 영지를 사들였고, 기득권 세력과 부딪치고 있습니다."

"우리가 신경 써야 할 문제는?"

"흑화당과 살막이 동시에 움직였습니다."

"절대악이라는 놈이 제법이군."

흑화당과 살막을 동시에 움직인다? 그 둘은 같은 타깃을 놓고 같이 행동하지 않는다. 그런데 이번에 같이 움직인다는 것은 그 '절대악'이라는 놈이 살막과 흑화당을 접수했다는 얘기가 된다. 에르페스 제국도 하려면 할 수 있지만, 시간과 돈이 많이 들어 하지 않는 그 두 세력 통합을 한낱 플레이어가 했다는 얘기다.

"딱히 신경 쓸 필요는 없다. 플레이어들의 일은 알아서 하도록 내버려 둬. 영지를 새로 사들일 때나 다시 보고하도록."

"알겠습니다."

그들은 아직 절대악의 행보에 주목하지 않았다.

밤이 되자 살수들이 움직이기 시작했다.

"저, 저쪽이다!"

밤은 살수들의 천국이었다. 안 그래도 은신과 기습에 능한 살수들. 신성 연합군에 약간의 혼란이 일었다.

강무환이 말했다.

"당황하지 마라. 우리를 뒤흔들려는 게릴라전일 뿐."

역시 놈들은 예상대로 움직였다. 밤이 되자 살수들과 벌레형 언데드들을 동원하여 연합군들을 공격하기 시작한 것이다. 그러나 기습은 어디까지나 기습일 때에 효과가 있는 법. 기습이 있을 거라고 이미 예상하고 있는 상황에서, 혼란은 금방 가라앉을 것이라 생각했다.

생각보다 살수의 능력이 너무 뛰어나고, 또 생각보다 벌레들의 능력치가 너무 높다는 게 당혹스럽긴 하지만 대처하지 못할 정도는 아니었다.

소위 말하는 '공중파' 언론에서는 이 상황을 실시간으로 내보냈다. 그들은 절대악을 비겁하게 뒤에서 공격이나 할 줄 아는 소인배. 혹은 입만 살은 허세꾼으로 묘사했다.

-하기야. 아무리 절대악이라도 영지전의 룰이 있는데 영지전에서는 이기기 힘들지.

-패기는 좋았는데 너무 무모했어.

-절대악은 무슨 생각하고 있을까?

2만의 연합군이 세르니아 주위를 둘러싸고 있지만 절대악은 코빼기도 보이지 않았다.

-아무래도……. 영지를 포기할 생각 아닐까?

-영지 만드는 데 최소 수천억이 들어갔다는데 그게 말처럼 쉽겠습니까?

-저번에 블랙 스톤으로 50조를 벌었잖아. 50조가 있는데 수천억쯤은 버릴 수도 있지.

그때. 올림푸스 매니아와 인터넷 방송 JTBN을 통해 한 명의 실루엣이 성벽으로 향하는 게 보였다. 분명 절대악이었다.

-절대악 같은데. 저긴…… 무역도시 데르앙?
-맞네. 데르앙이네. 언제 저기까지 간 거야? 영지는 내버려 두고. 설마 혼자서 저길 치려는 건 아닐 테고. 그건 불가능한데.

성벽 고루고루 일정 이상의 데미지를 줘야 한다. 그래야 성벽이 무너지며 안으로 들어갈 수 있는 자격이 생긴다. 성벽이 무너지기 전까지, 영지 내의 플레이어들은 외부의 공격을 받지 않는다.

-도대체 무슨 생각이지?
-마지막 발악 같은 건가……?
-그냥 흔들기 아냐?

올림푸스 매니아에도, JTBN에도 이렇다 할 설명은 없었다. 다만, 한주혁이 아이템 두 개를 꺼내 들었다.
이번 영지전의 키가 되어줄 아이템들을 말이다.

10년 전.
한주혁은 나름대로 꿈 많은 청소년이었다. 그 꿈이란 것은 그다지 거창하지 않았다. 그냥 남들처럼 평범하게 사는 거. 조금 더 나아가면 중산층이 되어 조금은 여유롭게 사는 거. 그게 16살 한주혁의 소박한 꿈이었다.

"너는 세계 제패를 해야 할 운명을 가진 아이니라."

"세계 제패요?"

한주혁은 세계 제패에 그다지 관심이 없다. 별로 하고 싶지도 않다. 그런 거 해서 뭐하게?

"그래. 그를 위하여 내가 40년간 연마한 스킬을 이제부터 알려주려고 한다."

"아......"

지난 10년간 한주혁은 이 말을 들을 때마다 공포를 느껴야만 했다. 또 어떤 기상천외한 수련법을 가져와서 자신을 괴롭힐지 무서웠다. 스승새끼는 납치, 감금 그리고 고문(사실 수련이라 하지만 한주혁에게는 고문인)의 대가였으니까.

'영지전? 내가 그딴 걸 왜 해?'

스승은 세계를 제패하려면 '영지전'에 특화된 스킬도 있어야 한다고 했다. 물론 그 당시 한주혁은 영지전 따위에는 전혀 관심 없었다. 한국에서 영주라 함은 대부분 대연합. 못해도 중견 연합장 정도는 되어야 했다. 자신 같은 소시민과는 전혀 상관이 없는 거라고 생각했다.

"이 두 가지 스킬이 있다면. 세계 제패가 절대 꿈이 아닐 거라 이 스승은 믿어 의심치 않는다."

그날부터 한주혁은 2년간 개고생을 했다. 2년 동안 혼절을 48번 정도 했고, 극심한 고통을 견디지 못하고 11번 정도 강제 로그아웃을 당했다. 그리하여 한주혁은 레벨 60을 달성했고 두 가지 스킬을 얻을 수 있었다.

-스킬. 파성격이 생성되었습니다.
-스킬. 수성격이 생성되었습니다.

한주혁은 실망했다.
'쓰레기 스킬들이네.'
직접적인 공격 스킬인 백참격을 익혔었다. 그다음 공격 스킬은 광역기인 악신 강림이었다. 그다음은 정말 본격적인 공격 스킬. 뭔가 강력한 한 방을 선사하는 그런 스킬을 익힐 줄 알았더니 쓸모도 없는 영지전 전용 스킬 두 가지가 생기지 않았는가.
'아니, 성벽 부수는 거랑 영지 크리스탈 지키는 데에만 특히 특화된 스킬이 나한테 뭔 소용이야?'

일반 플레이어는 치지도 못한다. PVP에도 못 쓴다는 얘기다. 몬스터에도 사용 못 한다. 사냥에도 못 쓴다는 얘기다. 한주혁 입장에서는 이렇게 쓰레기 스킬일 수가 없었다.

18살의 나이에 레벨 60을 이룩하면 뭘 하나. 쓸모없는 스킬이나 이렇게 생기고. 스페셜 지역 라이나를 벗어나지도 못하는데.

그래도 그때까지만 해도 한주혁은 꿈에 부풀어 있었다. 조금만 더 고생하면 진짜 밖으로 나가서 잘 먹고 잘살 수 있다. 그게 8년이 더 흐를지는 예상하지 못했지만.

8년이 흘러 그 한주혁이 지금 신성 연합의 대영지 중 하나인 '데르앙'의 성벽 앞에 섰다.

한주혁이 아이템을 꺼내 들었다. 기르칵투의 진액과 기르칵투의 눈물이다. 저번에 기르칵투 동굴에서 히든 보스 몬스터 기르칵투를 사냥하고 얻었던 보상들.

-아이템. 기르칵투의 진액을 사용하시겠습니까?

기르칵투의 진액. 일시적으로 레벨업 효과를 이뤄내는 비약이다.

―5레벨업 효과를 선택할 시, 지속시간은 12시간입니다.
―3레벨업 효과를 선택할 시, 지속시간은 24시간입니다.

그래서 한주혁은 3레벨업 효과를 선택했다.

―일시적으로 레벨이 올랐습니다.
―일시적으로 레벨이 올랐습니다.
―일시적으로 레벨이 올랐습니다.

거기에 더해 기르칵투의 눈물까지 사용했다. 기르칵투의 눈물은 기르칵투의 진액 효과를 높여주는 기능을 하는 소모성 아이템.

―기르칵투의 눈물을 사용하였습니다.

일시적으로 3레벨업이 진행되는데, 그 효과가 배가 되어 6레벨업이 진행됐다. 거기서 끝이 아니었다.

―레벨업 지속시간이 48시간으로 증가합니다.

기르칵투의 진액과 눈물을 동시에 사용하여 6레벨업 효과를 얻었다. 그리하여.

－일시적으로 스킬. 파성격이 활성화됩니다.

－일시적으로 스킬. 수성격이 활성화됩니다.

한주혁이 그토록 쓸모없다고 여겼던 공성전 혹은 영지전 전용, 절대악 스킬. 파성격과 수성격이 활성화됐다.

'내가 이걸 쓰는 날이 오게 될 줄이야.'

한주혁이 무역도시 '데르앙'에 모습을 드러냈다는 소식은 강무환에게도 전해졌다.

"데르앙에?"

강무환은 이상함을 느꼈다.

'혼자서는 어차피 아무것도 하지 못할 텐데.'

원래는 그게 정상인데. 영지전의 역사상, 아무리 강한 플레이어라 할지라도, 심지어 비공식적 한국 1위인 태르민이라 할지라도 홀로 영지전을 펼치는 것을 불가능하다. 그게 당연한 거고, 그게 상식이다. 문제는 저 절대악이란 어린놈이 자꾸만 상식을 파괴하고 있다는 것. 200명까진 그렇다 쳐도 2,000명을 거의 혼자서 상대한 놈이 아니던가.

일단 겉으로는 이렇게 말했다.

"우리를 흔들려는 의도다. 경거망동하지 않도록. 우리의 목표는 세르니아다. 놈의 영지는 하나. 세르니아만 점령하면 놈은 영주로서 끝이니 내 명령을 따라야 할 것이다."

그러나 뒤로는 다른 명령을 내렸다.

-루펜, 키르텔, 자객. 3인방을 급파하고 현장 지휘관으로 강무열 소연합장을 보내도록.

놈이 또 어떤 술수를 부릴지 모르니 문고리 3인방과 강무열을 보내기로 했다. 강무열이라면, 일대일로는 절대악과 어떨지 몰라도 성을 끼고 있는 상황에서는 절대악에게 패배하지 않을 거다. 성벽의 쉴드가 든든한 방어막 역할을 해줄 테니까.

-알겠습니다.

강무환이 침착하게 버티고 있는 한, 이곳의 대군이 흔들릴 염려는 없다. 아니, 2만의 연합원들은 그다지 긴장을 하지도 않았다. 영지전이라는 것은 거의 대연합의 전유물. 한낱 개인이 감히 어떻게 할 수 없는 것이지 않은가.

"그냥 빨리 항복 때리면 좋겠다. 저 정도 능력이면 어딜 가도 대접받을 텐데. 왜 군이 저렇게 나서서 설치는지 모르겠네."

"내 친구도 저번에 척살당했잖아. 피해가 이만저만이 아니라고."

신성 연합원들은 대체로 한주혁에게 감정이 나쁘다. 이미 척살을 당했던 연합원도 있고, 그 지인이 척살을 당하기도 했다. 두어 다리 건너면 모든 지인이 척살을 당했을 정도로 절대악은 무자비했다.

사실 따지고 보면 척살령을 먼저 내린 건 신성이었고 한주혁은 자기방어로 맞척살령을 내린 것뿐이긴 하지만, 신성 연합원들에게 그런 건 중요하지 않았다.

"신성에 맞척살령을 내리다니. 패기는 인정하지만……. 그래도 좀 너무 간 게 아닌가 싶네."

그래도 신성에 속한 이들은 엘리트라 할 수 있다. 초봉으로 월급 300만 원 이상을 받는 고소득직군이다. 그들 중 많은 이들이 절대악을 이해하지 못했다. 그 능력을 갖고 있으면 그냥 적당히 타협해서 잘 먹고 잘살면 될 텐데.

"그나저나 세르니아 안은 엄청 조용하네."

"지금 아마 어떻게 해야 할지 몰라서 우왕좌왕하고 있을걸?"

"아냐. 내가 방금 전해 들었는데 데르앙에 모습을 드러냈대."

"데르앙에?"

아무리 생각해도 어째서 절대악이 데르앙에 모습을 드러낸 건지 모르겠다.

"설마 혼자서 영지전을 치를 생각은 아닐 거고. 혹시 협력 세력 있나?"

"살막이랑 흑화당있잖아. 근데 게네는 살수라서 전면전에는 불리할 텐데. NPC를 너무 적극적으로 활용하면 에르페스 제국에서 움직일 수도 있고."

"게네 말고 다른 연합이랑 동맹을 맺은 경우는?"

"미쳤냐? 다른 대륙도 아닌 한국 기반 대륙에서 신성의 뜻에 거스를 연합이 있을 거 같아?"

"그건 그렇지."

한편, 강무환의 사촌 동생 강무열이 워프 포탈을 타고 무역도시 데르앙으로 이동했다.

무역도시 데르앙을 관리하고 있는 '투미아' 상무는 반색을 표했다. 한국 공식 랭킹 7위의 기염을 토하고 있는 원거리 딜러 클래스 강무열이 직접 와줬다. 솔직히 절대악이 이곳에 왔다길래 긴장을 좀 했다. 절대악은 상식을 파괴하는 놈이니까.

그런데 한국 랭킹 7위의 원딜(원거리 딜러)이 지원을 왔다면 얘기는 달라진다.

성벽의 거대한 방어막이 깨질 때까지, 이쪽은 저쪽을 자유롭게 공격할 수 있다. 강무열 소연합장이 직접 왔다는 것은 강무환 대연합장이 데르앙을 보호할 의지를 내비쳤다는 얘기가 된다.

'흐흐흐.'

이곳을 제대로 사수하고 절대악을 잡아내면? 그 공은 이곳을 관리하는 투미아. 자신에게 돌아오지 않겠는가. 혹시라도 절대악을 잡을 수만 있다면. 그래서 H/P족쇄나 M/P족쇄를 채울 수만 있다면? 초고속 승진은 따 놓은 당상이다.

"잘 부탁드립니다."

"성벽 가동 상황은?"

"혹시 모를 상황을 대비해서 레드 스톤을 사용하여 마나를 공급하고 있습니다. 혼자서는 절대로 아무것도 할 수 없습니다."

강무열은 성벽 위로 올라갔다.

'진짜로 오고 있군.'

미친놈이다. 성벽의 보호를 받고 있는 이쪽을 향해 걸어오고 있다니. 성벽을 깨는 동안 저놈은 이쪽의 병력을 절대 공격할 수 없다. 혼자서는 성벽을 부수지 못할 것이고.

스킬을 사용했다.

'굽어살피는 눈.'

주변을 살펴봤지만 원군도 전혀 없었다. 살수들조차 데리고 오지 않았다. 영지전에서는 의미 없지만 하늘을 나는 그 펫도 없고. 끽해야 전투 능력이라고는 전혀 없는, 기자라 짐작되는 몇몇이 있을 뿐이었다.

강무열은 아이템 하나를 소환했다.

'주작신궁 소환.'

지금의 그가 이 자리까지 올 수 있었던 것. 물론 대연합 신성의 도움이기는 했지만 바로 이 '주작신궁'이라는 레전드급 아이템 덕분이라고 해도 과언이 아니었다.

한국의 모든 원거리 딜러 클래스가 존경해 마지않는다는 강무열. 그의 클래스는 '신궁'이었으며 그 클래스가 레전드 등급 아이템 '주작신궁'을 꺼내 들었다. 성벽 위에 포진하고 있던 플레이어들이 그것을 알아봤다.

"강무열 연합장님이다!"

"저게 주작신궁인가?"

주작신궁은 붉은색이었다. 그 크기가 성인 남성보다 훨씬 더 컸다. 약 5미터 정도는 되는 것 같았다. 그 5미터가 넘는 활을 한 손에 들고 시위를 당기는 저 모습. 가히 신궁과도 같았다.

다들 생각했다.

'대박이네.'

한국 공식 서열 7위. 천외천의 플레이어를 직접 보니 감격스러울 지경이다. 주작신궁에서는 붉은색 기운이 은은히 새어 나오고 있었다. 주작신궁은 여러 가지 속성의 화살을 마나로 소환하여 사용하는 레전드급 아이템. 그중에서도 가장 강력한 속성은 바로 '화(火)' 속성이다.

문고리 3인방은 방해하지 않고 강무열을 지켜봤다. 문고리 3인방의 위세가 대단하다지만, 그래도 신성 패밀리. 다시 말해 강씨 성을 가진 로열패밀리의 위세에는 닿지 못한다.

주작신궁에 활이 생성되었다. 활활 불타올랐다. 그 주변마저도 잡아먹을 듯, 화염의 화살이 시위에 얹어졌다.

성벽 위의 플레이어들은 감탄에 감탄을 더했다. 이펙트만 봐도, 저게 초고수의 기세라는 게 느껴졌다. 여느 플레이어들과는 완전히 달랐다. 불길이 치솟아 올랐다. 공격을 준비하는 그 준비 이펙트마저도 주위를 압도할 정도.

강무열이 스킬을 세팅했다.

'화 속성. 일벌백계.'

그의 레전드급 아이템 주작신궁이 불꽃의 화살을 내뿜었다. 한주혁의 심안에 마나파동이 잡혔다. 어느 한 부분. 정확히 무엇인지는 알 수 없으나 어떤 특수한 속성의 마나가 응집되는 게 눈에 보였다.

한주혁은 크게 긴장하지 않았다.

'곧 공격 오겠네.'

저쪽은 성벽의 배리어를 몸에 두르고 있는 상황. 대비를 하긴 했나 보다. 어중이떠중이들과는 좀 다른, 특별한 누군가를 파견 보낸 모양이다. 확실히 신성에 인재가 많긴 많은 듯했다.

눈에 뭔가가 보였다. 굉장히 빠른 속도로 뭔가가 날아왔다.

'화살?'

화살이었다. 불꽃으로 이루어진 화살.

'생각보다 느리네.'

그 궤적이 눈에 훤히 보였다. 한주혁의 사기적인 스탯은 그의 신체 능력을 사기적으로 높여주었고 자신의 머리를 향해 날아오는 화살을 가볍게 피해냈다.

슈웅―!

파공성이 들려왔다. 불꽃이 한주혁의 볼을 간지럽혔다. 정말이었다. 간지러웠다.

문고리 3인방. 그들도 만족한 웃음을 지었다. 그들은 강무열이 사용하는 '일벌백계'에 대해서 안다. 한 번 피해도 소용없다. 최소 수백 번. 목표한 공격 대상을 따라가서 공격한다.

'피할 줄 알았다, 절대악!'

피한다고 끝이 아니다. 놈이 방심한 그 순간. 불꽃의 화살은 되돌아와 놈의 심장을 찌를 것이다. 크리티컬샷 확률이 무려 50퍼센트에 육박하는 신궁의 독문 스킬.

자객은 침착한 눈으로 상황을 살폈다.

'네놈이 아무리 강해도 노아이템 상대로, 성벽의 가호를 받는 강무열의 일벌백계를 당해낼 수 있을 것 같으냐?'

그리고 정말 무서운 것은 일벌백계가 아니었다. 일벌백계는 어디까지나 시선을 끌고 상대를 괴롭히기 위한 스킬. 자객은 강무열의 스킬트리에 대해 대략적으로 알고 있다.

'그다음이 진짜다.'

강무열의 스킬 콤보가 이어지면 절대악은 버티지 못할 것이라 확신했다. 원거리 딜러들도 도우면 정말로 끝난 전쟁이다.

그런데 정작 당사자인 강무열은 웃지 못했다. 정확하게 말은 못하겠는데 뭔가가 많이 이상했다.

'뭔가…… 이상하다.'

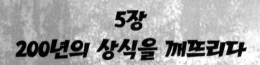

5장
200년의 상식을 깨뜨리다

강무열은 한국 랭킹 7위의 원거리 딜러. 그는 대표적인 '딜러'였고 공격력은 매우 강하지만 방어력은 약한 편에 속한다. 그래서 그는 그 약점을 보완하기 위하여 '초감각'이라는 신궁 특유의 감지 스킬을 익히고 있다. 초감각을 통해 상대의 움직임을 예측하고 어디로 포지션을 잡아야 할지. 본능적으로 깨닫고 보법 스킬과 연계하여 사용한다.

그 초감각이 강무열에게 뭔가 이상함을 전해줬다.

'뭔가…… 느낌이 이상해.'

지금 이 안은 성벽 안. 성벽의 쉴드가 전부 깨지기 전까지는 무조건적으로 안전한 곳이다. 그런데 왜 불안한 거지?

그는 원래대로의 공격패턴을 버렸다. 여태까지와 같은 방식은 잠시 보류할 필요가 있었다. 보통 강력한 단일 개체를 상대로 한 일벌백계 후에 이어지는 화포 스킬을 사용하지 않았다. 상황을 잠시 살펴보기로 했다.

데르앙을 관리하는 영주. 투미아는 기자들에게 말했다. 촬영 잘들 해놓으라고.

이 영상만 잘 퍼지고 나아가 절대악을 잡거나 한다면 승진은 따 놓은 당상이다. 그래서 일부러 기자들을 불렀다. 10여명의 기자가 그 초청에 응했다. 그들은 가장 좋은 자리에서 각자의 아이템 혹은 스킬을 사용하여 현재의 이 상황을 클로즈 업했다. 그 안에는 JTBN 기자도 있었다.

한주혁은 강무열의 '일벌백계'를 가볍게 피했다. 고개만 살짝 옆으로 기울이면서 말이다. 그의 심안이 일벌백계를 간파했다.

'단일 공격이 아니네.'

피한다고 끝이 아니다. 그럼 뭐, 그냥 맞지 뭐. 이펙트는 화려할지 몰라도 그다지 위험해 보이지 않는다. 심안을 통해 그게 느껴졌다. 아니나 다를까 불화살이 방향을 바꿔 한주혁 자신의 심장을 노리고 달려들었다.

"웃차."

한주혁은 가벼운 기합성을 내면서 그 불화살을 손으로 낚아챘다.

"아, 뜨뜨."

좀 뜨거웠다. 그러나 H/P 감소는 그다지 크지 않았다. 기껏해야 3퍼센트 정도. 한주혁의 손에 잡힌 불화살은 용을 썼다. 빠져나가기 위해서. 그러나 한주혁의 손아귀를 벗어날 수는 없었다. 안 그래도 강했는데 거기에 더해 레벨업으로 치면 240업을 더했다. 한국 공식랭킹 7위라 할지라도 그 신체의 위엄 앞에서는 큰 힘을 발휘하지 못했다.

문고리 3인방 중 1인. 키르텔은 질렸다는 듯 고개를 절레절레 저었다.

"미친놈⋯⋯."

한국에 그 누가 신궁의 화살을 맨손으로 잡을 생각을 한단 말인가. 맨손으로 잡았는데 H/P도 떨어지지 않았다. 진짜 미친놈이 틀림없었다.

기자들 역시 이 영상을 담으면서 황당해했다.

'내가 보고 있는 게 꿈인가?'

아닐 거다. 영상에 담겨져 있다. 아마 이 영상은 밖으로 송출되지 못할 거다. 신성에서 막을 거고, 만에 하나라도 밖으로 내보냈다가는 보복 조치가 들어올 것이 뻔하니까.

절대악은 정말 미쳤다.

'진짜 미쳤군.'

절대악이 좀 뜨거운 것을 만진 것처럼 손을 툴툴 터는 게 보였다. 그 명성 높은 신궁의 화살이 절대악에게는 그저 조금 뜨거운 것. 그 정도인 것처럼 보였다.

한주혁은 손을 툴툴 털어버리고서 앞으로 달리기 시작

했다.

'아, 보법이 없으니까 영 가오가 안 사네.'

이거야 원. 빠르기는 빠르다. 스탯이 워낙 높으니까. 빠르기는 빠른데 화려한 이펙트도 없고 멋들어진 움직임도 없었다. 말 그대로 그냥 빠르게 달리기다. 하다못해 루펜달의 라피드스텝도 나름 멋있는데.

'보법을 빨리 익혀야지.'

레벨 65가 되면 절대악의 근간을 이루는 보법. 파천보법을 익힌다. 절대악의 이동스킬은 파천보법으로 시작해서 파천보법으로 끝난다. 얼른 보법을 익히고 싶다. 생각해 보니 아직도 너무 쪼렙이다. 쪼렙이라 아쉬운 마음을 가지고 열심히 달려 성벽 앞에 섰다.

심안을 통해 대다수 원딜의 사정거리를 가늠했고 그에 걸칠락 말락, 아슬아슬한 경계에 섰다. 이 정도면 정말 뛰어난 원딜이 아니면 공격하지 못하리라.

'시간은 충분히 끌었고.'

더 이상 시간을 끌 필요도 이유도 없었다. 기자들도 충분히 몰려들었을 거고, 아마 촬영 준비는 끝냈을 거다.

강무열은 큰 기술을 준비했다. 이 정도 사정거리라면 '폭연사'를 사용할 수 있을 거다. 그가 가지고 있는 가장 강력한, 단일 개체를 상대로 한 스킬. 히든 클래스 신궁답게 그의 몸에서 오색찬란한 빛이 뿜어져 나오기 시작했다.

문고리 3인방이 그걸 봤다.

'저건……!'

폭연사를 사용할 때에 나오는 스킬 이펙트다. 준비 시간이 길고 마나 소모가 커서 그렇지, 그 화력 하나만큼은 어마어마한 폭연사. 저 스킬에는 제약이 많다. 체력 소모도 크고 사용하는 동안 움직이지도 못한다. 방어력이 약한 신궁에게는 치명적이라 할 수 있는 제약. 뿐만 아니라 주작신궁의 내구성에도 무리를 주는 스킬이라 알고 있다.

'폭연사를 사용할 정도면. 강무열이 진짜 진지해진 거다.'

폭연사가 엄청난 힘을 발휘할 것이라 믿어 의심치 않았다. 강무열이 이번에는 단단히 각오를 한 것 같았다.

랭킹 7위의 강무열이 스킬을 준비하는 동안, 그리고 몇몇 사정거리가 긴 원거리 딜러들의 가렵지도 않은 공격들이 가해지는 동안, 한주혁도 공격을 준비했다.

'내 평생에 이 스킬을 쓰는 날이 오게 될 줄이야.'

이펙트만 무진장 화려한 쓸모없는 스킬. 그야말로 쓰레기 중 쓰레기 스킬. 그런 스킬이라고 생각했는데. 역시 사람 일은 알다가도 모를 일이다.

─스킬. 파성격을 사용합니다.

8년 전. 처음 파성격을 익혔을 때만 해도 정말 신기했다. 파천심공을 기초로 한 스킬 중에서 이렇게 화려한 이펙트를 가진 스킬이 있는지 몰랐으니까. 그런데 지금은 그냥 파성격이 아니었다.

–스킬. 파성격을 사용합니다.
–진 파천악심공의 효과로 파성격이 진 파성격으로 전환됩니다.

거기서 끝이 아니었다. 한주혁의 심공은 이미 두 단계의 업그레이드를 거쳤다. 그에 따라 공격 스킬도 한 단계가 아닌 두 단계의 강화를 거친다.

–진 파천악심공의 효과로 진 파성격이 초 파성격으로 전환되어 사용됩니다.
–진 파천악심공의 효과로 파성격의 공격력이 40퍼센트 추가됩니다.
–진 파천악심공의 효과로 파성격의 사정거리가 40퍼센트 증가합니다.
–진 파천악심공의 효과로 파성격 사용 시 M/P 소모가 40퍼센트 감소합니다.
–진 파천악심공의 효과로 파성격의 쿨타임이 40퍼센트 감소합니다.

안 그래도 화려하다고 느꼈던 파성격이 두 단계의 강화를 진행하면서, 더욱 화려한 이펙트를 뽑냈다.

성벽 위의 기자들은 카메라를 이리저리 돌리면서 현 상황을 파악했다.

'저게 뭐지?'

성벽 주위를 거대한 검은 안개가 덮고 있는 것처럼 보였다. 아무리 카메라 줌을 당겨봐도, 해상도를 아무리 높이고 온갖 투시 스킬을 사용해 봐도 저 안이 보이지 않을 정도로. 거의 블랙홀이라 해도 믿을 정도로 어두운 안개가 펼쳐졌다. 검은 안개 안에서는 이따금씩 보랏빛 번개가 쳤는데, 그때마다 영상 촬영장치에 노이즈가 생겼다.

검은 운무. 자색 번개. 성벽 전체를 뒤덮는 그것은, 마치 성벽을 잡아먹는 악령과도 같았다.

한주혁이 사용한 파성격이 내뿜는 이펙트가 도시 성벽 전체를 감싸 안았다. 성벽의 길이가 약 20km에 이른다. 그 20km 전체를 둘러쌌다. 마치 검은 운무에 포위된 것 같았다.

한주혁이 파성격을 운용했다.

"멸."

시동어를 말하자 검은색 운무에서 무언가가 쏟아져 나오기 시작했다. 그것은 마치 화살 같기도 했고 투창 같기도 했다. 묵색 화살과 투창 수십만, 아니, 수천만 개가 일격에 쏟아져 나오기 시작했다.

'예전보다 훨씬 운용이 편하네.'

역시 파천심공을 강화하길 잘했다. 파성격은 M/P 소모가 상당히 큰 스킬이다. 한주혁조차도 이걸 제대로 사용하면 M/P가 20퍼센트 정도밖에는 안 남는 큰 스킬. 그러나 이전보다 훨씬 더 강화된 신체 능력과 진 파천악심공의 효과로 그렇게 큰 무리를 느끼지는 않았다. 이 정도면 성벽을 부수고 나서도 M/P가 40퍼센트 이상 남아 있을 것 같다.

그때 신궁이 자랑하는 '폭연사'가 불을 뿜었다. 강무열이 공중 약 50미터 높이까지 뛰어 올랐다. 오색 찬연한 빛을 쏟아내며 몸을 두어 바퀴 뒤집은 그가 활을 당겼다.

다섯 가지 속성의 화살이 절대악을 향해 쏘아졌다. 다섯 가지 속성의 화살. 그 속성들은 서로에게 시너지 효과를 일으키며 서로를 강화시켰다. 다섯 개가 아니었다. 각 속성의 효과가 수십 발. 도합 수백 발의 속성 화살이 한주혁을 향해 쇄도했다.

그때까지만 해도, 강무열의 폭연사가 원거리 공격 중에는 최강이라 믿고 있던 문고리 3인방은 입을 쩍 벌려야만 했다.

저도 모르게 육성으로 말했다.

"폭연사가……."

폭연사가 절대악이 일으키고 있는 저 말도 안 되는 초광범위 공격에 녹아내리고 있었다. 절대악의 몸에 닿기도 전에, 신궁이 자랑하는 폭연사가 사라졌다.

키르텔이 중얼거렸다.

"내가 지금 꿈을 꾸나……?"

이 상황. 믿기 힘들지만 꿈이 아니었다.

공중파에서는 현 상황을 중점적으로 다뤘다. 현 사회를 흔드는 반동분자의 최후를 조롱하기라도 하듯. 절대악이 데르앙에 모습을 드러냈을 때까지만 해도, 그쪽에는 딱히 관심을 두지 않았다. 다만 한국의 절대자 강무환이 절대악을 어떻게 밟아줄 것인가. 그것에 관심을 뒀다.

그런데 상황이 조금 바뀌었다. 데르앙의 영주. 투미아가 앙칼지게 소리쳤다.

ㅡ영상 전부 잘라요! 방송 내보내지 않습니다. 지금부터 데르앙은 촬영을 금지합니다!

젠장! 왜 하필이면 내 대에 와서 이런 일이 벌어지는 거냐. 일단 입단속부터 시켜야 했다. 아무래도 이건 꿈이 분명했다.

그러나 성벽 위의 기자들만 단속한다고 될 일은 아니었다. 강무열이 이미 느꼈듯, 절대악 쪽에도 기자들이 있다. JTBN 소속 기자들. 또한 성벽에도 JTBN 기자가 있다.

그들은 현 상황에 대해 중점적으로 보도했다. 아무도 보도하고 있지 않지만, 그리고 그 누구도 실시간으로 중계를 하지 않았지만 JTBN은 달랐다. 그들은 신성의 보복 조치는 두렵지 않다는 듯 상황을 카메라 혹은 영상 기록 스톤에 담았다.

JTBN의 시청률이 폭증했다. 규모가 작은 인터넷 방송이지만, 또 인터넷 방송인 덕분에 시청자들의 피드백이 바로바로 올라온다는 것이 장점이었다.

　-저게 뭐임……?
　-미쳤다. 진짜 이건 미쳤다. 미쳤다고밖에 표현할 길이 없다.
　-저 방금 뉴스 보고 왔는데 절대악 개발릴 거라고 떠들던데요.
　-나도 봤음. 요약하자면 절대악이 깝치는 것도 며칠 안 남았다고 했음.

그런데 공중파 방송과는 너무나 다른 상황이 펼쳐지고 있었다. 일반적으로 아는 상황과는 너무나도 다른 상황이 펼쳐지고 있었다.

　-대박이다. 와. 진짜 쩐다. 저런 이펙트 본 적 있음?
　-저런 사기적인 스킬 처음 봄.
　-도대체 얼마나 큰 광역기임?

정말이었다. 성벽 바깥을 가득 뒤덮은 검은 운무와 자색 번개.

흑색 운무는 광포한 힘을 내포한 것을 보여주기라도 하는 것처럼, 폭풍처럼 끊임없이 소용돌이쳤다. 검은색 기운으로 이루어진 검은색 화살 같은 것들이 성벽을 향해 태풍처럼 휘몰아쳤다.

–이건 진짜 퍼다 날라야 돼.
–이거 영상 펌 못 함? 외국에 퍼 나르고 싶은데.
–말도 안 된다, 이건.

진짜 그랬다. 정말 말도 안 되는 일이 지금 벌어지고 있었다. 어쩌면 지금까지의 상식을 철저히 파괴해도 될 정도의 일. 여지껏 역사가 증명해 왔던 길을 완전히 깨부수는 그런 일이 벌어지고 있었다.

아니, 그런 일이 실제로 이미 벌어져 버렸다.

–성벽 깨졌다.
–와. 성벽 쉴드가 진짜 무너졌네.
–혼자서 성벽을 부쉈음. 쩐다 진짜. 이건 진짜 쩌는 거다.

댓글들이 미친 듯이 달리기 시작했다. 입소문을 듣고, 친구의 연락을 듣고. 수많은 사람이 소규모 인터넷 방송 JTBN에 몰리기 시작했다. 처음에는 믿지 못했다. 혼자서 성벽을 부순

다? 있을 수 없는 일이다. 그러나 사람들은 인정할 수밖에 없었다.

　-올림푸스 내에서 저렇게 실시간으로 영상을 조작할 수 있나요? 누가 대답 좀.
　-절대 못 함. 올림푸스에서 올림푸스 매니아로 연결해서 바로 올리는 영상은 조작이 절대로 불가능함.
　-그럼 이거 현실 맞는 거죠?

　진짜로 혼자서 성벽을 부수는, 실제로 성벽이 박살 나는 그 경이로운 광경을 JTBN이 보도했다.
　그리고 영상 속 절대악이 움직였다.
　한주혁이 사용한 파성격. 아니, 초 파성격은 전대미문의, 듣도 보도 못한 스킬이었고 역사상 기록된 적이 단 한 번도 없는 초유의 공격이었다.
　성벽 안에서는 난리가 났다.
　"서, 성벽 쉴드가 줄어들고 있습니다!"
　"이대로면 성벽도 오래 버티지 못합니다!"
　"원딜들의 사정거리가 닿지 않아 제대로 공격할 수가 없습니다!"
　그나마 제대로 공격할 수 있는 사람 중 하나인 강무열은 현재 폭연사를 사용한 것의 후유증으로 다음 공격을 잇지 못하고 있는 상황. 그러나 그가 움직인다고 해서 상황이 달라질 것 같지는 않았다. 그가 자랑하는, 대인 기술로는 최강이라 할 수 있는 폭연사를 사용했음에도 불구하고 절대악은 손끝 하나 다치지 않았으니까.

"서, 성벽이 파괴되었습니다!"

"기, 긴급사태입니다! 성벽 H/P가 0입니다! 보호 상태가 해제됩니다!"

강무열은 스턴 상태에 걸린 채 절대악을 쳐다봤다.

'레벨이 도대체 몇이냐.'

레벨 디텍팅은 더 이상 믿을 수 없었다. 레벨 디텍팅으로 치면 레벨이 이제 끽해야 63인데. 그 레벨로 이런 말도 안 되는 일을 행할 수는 없다. 로열패밀리의 수장. 태르민도 레벨 60대에는 저렇지 못했다.

문고리 3인방은 입술을 깨물었다. 저 미친놈이 또다시 미친 짓을 벌이고 있지 않은가. 3인방 중 그나마 침착함을 유지하고 있는 사람은 '자객'.

자객이 영주 투미아에게 말했다.

"놈의 공격력은 상상을 초월합니다."

내로라하는 신성의 이사들도 평타 한 방에 죽었다. 일대일로는 승산이 없다.

"결국 회피 능력이 뛰어나거나 방어력이 매우 높은 탱커들이 앞서서 놈을 막아야 합니다."

놈을 막는 동안 원거리 딜러들이 총가세하여 놈을 공격해야 했다. 안타깝게도 그것이 최선이었다.

"너무 대놓고 싸울 필요는 없습니다. 공격을 피할 수 있으면 피하고, 막을 수 있으면 막아야 합니다. 시간을 끌면서 놈의 체력이 빠지길 기다려야 합니다. 연합장님께는 제가 지금 연락 중입니다."

투미아는 정신없었다. 평화롭던 데르앙에 이게 도대체 무슨 날벼락이란 말인가. 그는 전투 클래스가 아니라 행정 클래스를 가지고 있다. 평상시에는 행정 클래스가 매우 유리했지만, 이러한 말도 안 되는 상황에서 행전 클래스는 그에게 그다지 도움이 되지 못했다.

자객이 투미아에게 귓말을 보냈다.

ㅡ탱커들의 희생은 당연합니다. 다만 최대한 희생을 줄이는 것에 집중하세요.

탱커들이 죽는 건 당연하다. 절대악의 체력을 빼놓아야 한다. 탱커들의 역할은 거기까지. 성벽도 무너진 마당에 탱커들이 저놈의 공격을 완벽하게 막아줄 수 있을 거라고는 생각하지 않았다.

자객이 계속해서 말을 이었다.

ㅡ연합장님께 말씀드려 레드 스톤을 사용하여 쉴드를 재가동할 수 있는지 물어보는 중입니다.

그러는 사이, 혼자서 성벽을 무너뜨린 한주혁이 성큼성큼 데르앙을 향해 가까이 걸어갔다.

스킬 사용으로 인해 소모된 M/P를 진 파천악심공의 도움을 받아 채워가면서.

맞척살령. 실력이 고만고만한 연합끼리는 가끔 한다. 서로에게 이득이 되지 않더라도, 자존심 싸움으로 하기도 한다. 가끔은 연합끼리의 충돌로 생계를 유지하지 못하는 상황까지 이르기도 한다.

하여튼 맞척살령은 연합들이 선택할 수 있는 최후의 보루라고 할 수 있다. 한주혁은 그 맞척살령을 내린 거다. 한국의 절대자. 대연합 신성을 향해서.

맞척살령을 내렸으니, 진짜 척살을 해야 했다. 어설프게 봐주면 안 봐주느니 못하지 않은가.

'가장 중요한 건 크리스탈 확보.'

크리스탈은 대부분 도시 중앙. 그리고 동문과 서문에 위치하고 있다. 도시 혹은 마을마다 약간씩 다르긴 하지만 대체적으로는 그렇다.

"거, 거기까지다!"

"저, 접근 금지!"

탱커들이 몰려나왔다.

"더 이상 접근하면 발포하겠다."

사실상 이러한 경고가 의미 없다는 것. 저들도 잘 알고 있을 거다. 다만 매뉴얼에 그렇게 나와 있으니 매뉴얼을 따라 하는 것일 뿐.

한주혁은 가뿐히 무시해 줬다.

"나는 하청이다, 하는 분은 왼손 드세요."

왼손을 들지 않으면 전부 신성 연합으로 간주할 거고, 아니면 맞척살이다. 탱커 중 하나가 목숨을 걸고, 연합을 위해 충성심을 내보였다.

"어림없는 소리!"

그는 자기의 몸보다도 훨씬 커다란 방패를 들고 그에게 달려들었다. 그가 시작이었다. 그를 필두로 하여 수많은 방패병들이 한주혁의 체력을 빼놓기 위해 뛰었다. 의외로 왼손을 든 사람은 그렇게 많지 않았다.

이럴 때 사용하는 스킬이 있다. 한주혁이 익히고 있는 광역기. 악신 강림.

–스킬. 악신 강림을 사용합니다.
–진 파천악심공의 효과로 악신 강림이 진 파천 악신 강림으로 전환됩니다.

전설이 된 1 대 2,000의 전투. 르우만 전투에서 빛을 발했고, 수많은 플레이어를 학살했던 진 파천 악신 강림이 한주혁의 손에 의해 다시 재현됐다.

"크아악!"

아까의 스킬이, 보라색 번개가 치는 검은색 운무폭풍이었다면 이번 악신 강림은 굶주린 악신들의 춤사위였다. 시뻘건 입을 가진 검붉은 그림자가 플레이어들 사이를 누비고 다녔고 플레이어들은 반항할 사이도 없이 검은 잿더미로 변했다. 말 그대로 녹아내렸다는 표현이 적절했다. 무려 80명의 플레이어가 단 한 번의 공격으로 사라졌다.

한주혁은 여유롭게 걸음을 옮겼다. 악신 강림의 쿨타임을 맞추기 위해서. 성문을 통하여 탱커들이 물밀 듯이 밀려나오고 있었는데, 이 상황이야말로 한주혁에게는 유리하기 그지없는 상황이다.

백참격이 진 백참격으로, 진 백참격이 초 백참격으로 전환되었다. 일반 백참격이 단순히 검은 반달 모양의 마나가 응축되어 날아가는 것이었다면, 초 백참격은 검은 반달 속에 폭풍이 치고 있는 듯한 모습이었다. 마기에 가까운 검은색 마나가 휘몰아치면서도 전체적으로 반달의 형태는 유지했다.

─플레이어를 사살하였습니다.

─플레이어를 사살하였습니다.

─절대악 포인트를 1개 획득합니다.

마침 성문의 너비와 한주혁의 초 백참격의 범위가 비슷했고, 나오는 그 순서대로 또 수십 명의 플레이어가 검은 잿더미로 변했다.

중간중간 백참격의 여파를 피해내고 접근한 플레이어들은 한주혁의 평타를 견뎌내지 못했다. 아무리 커다란 방패와 온갖 마법 스크롤로 무장을 해봤자 그의 무자비한 평타 앞에서는 속수무책이었다.

—플레이어를 사살하였습니다.
—플레이어를 사살하였습니다.
—플레이어를 사살하였습니다.
—플레이어를 사살하였습니다.
…….

그리고 이 사기와도 같은 상황을, 대연합장 강무환도 알았다.

‘절대악의 능력이 그 정도일 줄이야.’

생각도 못 했다. 200년간 이런 적이 단 한 번도 없었다. 200년 동안 벌어지지 않았던, 아니, 벌어지지 못했던 일인데 저 절대악은 혼자서 하고 있다. 이건 실수였다. 절대악의 능력을 높이 평가한다고 하긴 했는데, 실제로는 과소평가하고 있었던 모양이다. 앞으로 절대악을 상대함에 있어서 상식 따위는 무용지물이라고 생각해야 할 듯했다.

강무환이 결단을 내렸다.

"우리도 세르니아를 친다."

강무환이 직접 데르앙으로 회군하지는 않겠다고 밝혔다.

'어차피 놈의 영지는 하나뿐.'

영지는 속일 수 없다. 에르페스 제국 내, 영지를 관리하는 NPC들을 통해 확인하면 누가 영지의 실질적 주인인지 다 알 수 있다. 영주의 자리를 산 다음 누군가에게 양도하거나 팔아도, 그 내역이 모두 마법장부에 자세하게 기록된다. 신성이 몇 번이고 확인했 봤을 때, 절대악의 영지는 단 하나였다. 그 하나만 먼저 처리하면 이쪽의 승리다.

그때, 엘진에서도 지원군을 보냈다. 신성과 엘진은 뗄래야 뗄 수 없는 사이. 게다가 둘은 절대악에게 밉보이기도 했다. 적의 적은 친구라고 했다.

"우리가 먼저 성벽을 부수고 크리스탈을 확보한다."

이제부터는 치킨게임이다. 절대악 놈이 데르앙을 차지하기 전에, 세르니아를 차지하면 승리는 이쪽의 것이다.

저 안에는 있어 봐야 살수들과 앱솔루트 네크로맨서 정도가 있을 거다. 앱솔루트 네크로맨서가 위협적이기는 하지만,

그렇다고 해서 2만의 연합군. 아니, 엘진까지 포함하여 3만의 연합군을 막아내지는 못할 터.

이러한 상황을 기자들이 앞다투어 보도했다. 뉴스를 통해 속보로 전해졌다. 강무환이 세르니아를 직접 공격하기 시작했다고. JTBN을 제외한 다른 언론사들은 세르니아의 상황만 집중 조명했다.

—신성과 엘진의 연합군 3만이 세르니아를 공격하기 시작했습니다.

그 활약상을 자세히 다뤘다. 세르니아 현장에 나가 있는 기자들은 사태 파악이 조금 느렸다.

—어쩐 일인지 절대악은 모습을 보이지 않고 있습니다.
—절대악은 도망치기라도 한 것일까요? 아무런 대응이 없습니다. 이대로라면 세르니아의 성벽이 무너지는 것은 시간문제입니다!
—세르니아의 성벽이 무너졌습니다! 쉴드가 완전히 깨졌습니다!
—신성과 엘진의 연합군이 성문을 통해 입장하는 데 아무런 반응이 없습니다. 포기한 것 같습니다.

하다못해 성문에 스크롤 작업을 하지도 않았다. 소위 말하는 지뢰 작업만 해놨어도 더 큰 피해를 야기시킬 수 있었을 텐데. 아무래도 영지전을 완전히 포기한 모양이었다.

─당당하게 신성의 도전을 받아들이던 절대악의 패기는 도대체 어디에 남아 있는 것일까요?

세르니아 안은 텅텅 비어 있었다.

"흩어져서 크리스탈을 찾는다."

크리스탈의 H/P를 모두 깎으면 소유권이 이쪽으로 넘어온다. 그다음 일정시간 동안 지켜내면 영지전은 승리로 끝난다.

크리스탈을 전부 찾았다. 중앙에 하나. 동문에 하나. 서문에 하나. 정석대로였다.

강무환의 마음이 급해졌다.

'도대체 모두 어디로 사라진 거냐.'

살수들도, 밤에 괴롭히던 앱솔루트 네크로맨서도, 한 명쯤은 보여야 할 NPC도 없었다. 분명 성을 물 샐 틈 없이 에워싸고 있었다.

'설마 워프 포탈이…… 있었나?'

영지에 속해 있는 NPC들이 움직이려면 또 다른 영지로 이어져 있는 워프 포탈을 이용해야 한다. 이 안에 워프 포탈이 있었다면 얘기는 달라진다. 또 다른 영지가 존재하고 있을 수 있다는 거니까.

'한국 기반 대륙에 우리 정보망이 놓친 워프 포탈이…… 있을 수 있다니.'

보고가 올라왔다.

"워프 포탈의 흔적은 전혀 보이지 않습니다."

당연하다. 주민들을 나안으로 이동시킨 뒤, 시르티안이 완전히 파괴했으니까.

"크리스탈을 전부 파괴했습니다. 사수 시간은 15분입니다."

15분만 지키면 영지전은 끝이다. 원래는 그렇다. 하지만 강무환은 이게 끝이 아닐 거라는 것을 직감으로 깨달았다. 놈에게는 영지가 하나가 아니었다.

'젠장, 한 대 얻어맞았군.'

텅텅 비어 있는 세르니아를 정복해 봤자 남는 게 아무것도 없다.

"데르앙의 상황은?"

데르앙의 상황. 신성 연합 입장에서 데르앙의 상황은 처참했다.

─레벨이 올랐습니다.

─절대악 포인트를 1개 획득하였습니다.

신성에게는 처참한 장소였지만 한주혁에게 축제의 장이나 다름없었다. 이쯤 되면 지칠 법도 하건만, 절대악은 지친 기색을 보이지 않았다. 데르앙의 병력 1,800명이 거의 증발하다시피 하여 사라졌다.

이제 남아 있는 병력은 1,000 정도. 절반을 훌쩍 넘기는 플레이어들이 검은 잿더미로 변해 강제 로그아웃을 당한 거다.

그럼에도 불구하고 절대악은 그다지 지쳐 보이지 않았다.

"어, 저기 있네."

데르앙 중심부. 한주혁은 크리스탈을 찾아냈다. 거기에 평타를 사용했다. 원래대로라면 수십 명 이상의 딜러가 달려들어 한참을 때려야 소유권이 넘어오는, 방어력 절정의 크리스탈인데 한주혁의 평타 5대를 버티지 못했다.

지금 이 시각. JTBN을 시청하는 사람들은 점점 더 늘어났다.

공중파에서는 절대악을 악으로만 몰고 세르니아의 상황밖에 보여주지 않았다. 신성과 엘진이 끈끈한 관계를 유지하고 있으며 그로 인해 나라의 미래가 밝다는 얘기까지 나오고 있는 상황. 그러나 사람들이 궁금한 건 그게 아니었다.

─도대체 뭘 어쩌려고 저러지?
─성벽을 혼자서 부순 미친놈……. 아니, 미친느님인데 다 방법이 있겠지.

—세르니아는 지금 함락 직전이던데? 아무리 절대악이 강해도 세르니아 함락당하면 끝 아님? 영지전 패배잖아.

그러나 끝이라고 할 수 없었다. 애초에 절대악은 말도 안 되는 일들을 지금 일으키고 있지 않은가. 아무 생각 없이 쳐들어왔을 리 없다.

—설마 절대악이 그렇게 아무 생각 없이 움직였으려고.
—난 이제 기대된다. 절대악이 어떻게 할지.

아니나 다를까. 절대악은 가만히 있지 않았다. 절대악이 한 손에 크리스탈을 들고서, 또 하나의 스킬을 사용했다. 공중파에 실망하고 JTBN으로 몰려온 수많은 사람이 일순간 아무런 댓글도 달지 못했다.

누군가. 아이디가 '중2병 말기 환자'인 누군가가 이렇게 얘기했다.

—아무래도…… 역사는 절대악 이전과 절대악 이후로 나뉠 거 같다. 우리는 어쩌면 진짜로 역사가 바뀌는 그 첫 단추를 목격하고 있는 것일지도 모른다.

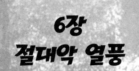

6장
절대악 열풍

한주혁은 스스로 생각했다.

'절대악은 영지전 특화캐릭인가?'

실제로 성을 향해 사용해 본 것은 이번이 처음이다. 혼자서 성벽을 때려 부술 수 있다고는 생각했지만, 이렇게 쉽게 해낼 수 있을 줄은 몰랐다. 지금 자신의 레벨은 끽해야 64.

'개쪼렙치고 좀 센데?'

사실 누군가 듣는다면 '그게 좀 센 정도냐?'라고 울분을 토할지도 모를 일이다. 이미 온라인상에서는 난리가 났다. 절대악 이전과 이후로 역사가 나뉜다는 말이 공공연하게 퍼지고 있을 정도니까.

어쨌든 스스로를 개쪼렙이라 생각하고 있는 한주혁은 크리스탈 하나를 집어 들었다.

나름 힘 안 쓰면서 천천히 들어왔다. 영지전은 처음인데, 나름대로 체력 안배를 잘한 것 같다.

'아, 그게 아닌가.'

사실 그 와중에 레벨업을 한 번 해서 H/P와 M/P가 모두 꽉 찼다. 따지고 보면 한주혁이 체력 관리를 잘했다기보다는 레벨업이 그를 도왔다. 돕지 않았다고 해도 결과는 크게 달라지지 않았겠지만.

성벽은 무너졌지만 아직까지 '초 파성격'은 굳건히 자리를 지키고 있는 상태. 검은 투창을 쏘아내고 있지는 않지만 자색 번개를 머금은 검은 폭풍구름은 여전히 성벽 밖에 머물고 있었다.

아까는 '멸(滅)' 시동어를 사용했다. 이번에는 '집(輯)' 시동어를 사용할 차례다.

'집.'

검은 운무에서 변화가 일기 시작했다.

JTBN의 시청자들은 그 변화에 집중했다. 200년간 단 한 번도 이루어지지 않았던, 아니, 이루어지지 못했던 기적을 이뤄낸 저 구름이 사라지는 것조차도 그들에게는 신기했다.

－M/P 다 떨어졌나?
－스킬이 사라지는 건가?

그런데 아니었다. 뭔가 이상했다.

―성벽을 타고 넘어가는데?
―헐? 저게 뭐임?

성벽을 에워싸고 있던 검은색 운무가 마치 구렁이가 담 넘어가듯 성벽을 넘기 시작했다. 어느 한 방향을 향해 밀려드는 검은 안개의 해일 같았다.

―지금 절대악 쪽으로 모이고 있음.
―크기는 훨씬 작아졌음.
―왠지 농축된 거 같은 느낌인데?

초 파성격의 이펙트. 검은색 운무는 한주혁의 주위를 둘러쌌다. 당연히 20㎞에 달하는 성벽을 둘러싸고 있을 때보다는 훨씬 작아졌다. 끽해야 반경 1미터 정도.

―도대체 뭘 하려고 그러지?
―다음 크리스탈 찾으러 안 가나?
―나 지금 공중파 뉴스 같이 보고 있는데 세르니아 크리스탈 전부 소유권 넘어감.
―15분 뒤면 영지전 끝남. 절대악한테 영지가 하나 더 있는 게

아니면 진짜 끝임.

세상 사람들은 알지 못했다. 에르페스 제국조차도 찾지 못한 한주혁의 영지가 하나 더 있다는 사실을.

−와. 저러고 나서 지면 진짜 개억울하겠다. 왜 크리스탈 안 찾고 저기 멀뚱멀뚱 서 있는 거야?
−동문이든 서문이든 얼른 가야 되는 거 아님?

영지전의 룰은 한주혁에게 절대적으로 불리하다. 멀리 떨어져 있는 세 개의 크리스탈을 전부 일정 시간 동안 지켜내야 했다. 몸은 하나고 크리스탈은 세 개. 아무리 강력한 플레이어가 있다 할지라도 최소 3명 이상의 플레이어가 있어야 한다는 소리다. 원래는 그게 정상이고 그게 지극히 당연한 상식인데.

−헐. 저건 또 뭐임?
−아까부터 계속 말해서 미안한데 진짜 절대악은 미친느님인 게 틀림없네.

온라인상에서만 난리가 난 게 아니었다. 스턴 상태에서 풀리고 이쪽을 방어하기 위해 달려온 강무열은 믿을 수 없는 현실에 다리가 풀려 주저앉을 뻔했다.

'이쪽에서는 들어가지도 못하는군.'

절대악을 둘러싸고 있는 저 검은색 운무는 매우 강력한 공격력과 방어력을 동시에 가지고 있는 듯했다. 접근 자체가 불가능했고 안쪽으로의 어떤 공격도 통하지 않았다.

다만 스킬을 사용하여 안쪽을 살펴볼 수는 있었다.

'천리안.'

안쪽을 꿰뚫어봤는데, 원래 동문과 서문에 있어야 할 크리스탈이 어느새 소환되어 한자리에 모여 있었다. 일단 그것부터가 말이 안 되는데.

'평타?'

평타 몇 방으로 아주 쉽게 크리스탈을 제 것으로 만들어 버리는 황당한 광경을 목격했다.

'크리스탈이 전부 파괴됐다?'

강력한 맷집을 자랑하는 크리스탈을 맨주먹으로 저렇게 처부수는 미친놈을, 살아생전에 만나게 될 줄이야. 랭킹 7위의 자리에 오르기까지 정말 별의별 놈을 다 만나봤는데 저런 놈은 처음이다.

그는 검은 운무를 헤치고 들어가기 위하여 운무에 공격을 퍼붓기 시작했다.

'화시.'

불 속성의 화시가 통하지 않았고.

'수시.'

물 속성도 물론.

'토시.'

흙 속성도. 그가 가진 다섯 가지 속성의 화살이 전부 저 운무에 해체되어 버렸다. 안으로 들어갈 길이 전혀 없었다. 남아 있는 병력 약 1,000명 정도가 밀집하여 안을 공격해 보고 들어가려 했지만 검은색 운무는 병력의 이동을 아예 차단시켜 버렸다.

강무열은 난생처음으로 무력감에 빠져들었다. 신귀족으로 태어나 대한민국에서 부족한 것 없이 자랐다. 좌절이란 걸 해본 적도 별로 없다. 무력감? 그런 건 천박한 천민들이나 느끼는 거라고 생각했다. 신귀족은 완성된 존재. 무력감 따위를 느낄 일은 없다고 여기고 자라왔다. 60레벨 평생을.

그러나 가만히 있을 수는 없었다. 그는 방어를 아예 포기하기로 했다. 그가 할 수 있는 최선의 공격을 쏟아부었다. 이곳에 모여 있는 모든 플레이어와 함께 말이다.

영주인 투미아가 필사적으로 외쳤다.

"방어는 생각하지 않는다."

지금 방어고 나발이고 그게 중요한 게 아니다. 어떻게든 이 개 같은 운무를 뚫어내고 저 절대악을 막아야 했다. 원군까지 오고 있는 상황. 놈은 지금 크리스탈 하나를 파괴하고 있을 거다. 크리스탈의 소유권이 넘어오는 순간, 그때가 기회일 수 있었다. 일단은 이 검은 운무를 파훼하고 놈을 공격하는 것이 최우선.

자신이 가진 모든 스킬을 사용하여 운무를 공격하던 강무열의 천리안에 뭔가가 잡혔다.

'뭐라고 말을 한다?'

한주혁은 고개를 갸웃했다.

"왜 아무도 안 쳐들어와?"

음. 이상하네. 아직 한 1,000명은 남아 있을 텐데. 어떻게든 크리스탈을 지키러 달려와야 정상 아닌가?

마침 심안의 쿨타임이 끝났다.

'심안.'

심안을 사용해서 마나의 흐름을 살펴봤다. 초 파성격의 운무 바깥으로 수많은 플레이어가 몰려들고 있다는 것은 느껴졌는데 왜 공격을 안 하는지 모르겠다.

'이상하네.'

왜 공격을 안 하지?

'이 이펙트에 겁먹었나?'

아니다. 지금 엄청 열심히 공격하고 있다. 다만 한주혁이 그것을 제대로 파악하지 못하고 있을 뿐. 한주혁의 심안이 쓸모없다기보다는, 검은 운무를 공격하는 공격들이 너무 약해서 공격으로 느껴지지 않는다는 거다. 산들바람이 불어오는데 그것을 공격으로 인지하지 못하는 것과 비슷한 이치.

'자세히 느껴보면……. 뭔가를 하긴 하는 거 같은데.'

뭔가 조금 이상했다. 자세히 느껴보니 열심히 공격을 하는 것처럼 느껴지기는 한다. 너무 미약해서 제대로 느끼지 못했을 뿐.

'왜 이렇게 미약하게 느껴지지?'

랭킹 7위. 강무열의 기운도 느껴지는데. 왜 이렇게 약하게 느껴지는지 모르겠다. 흑 운무가 저들의 기운을 막고 있나? 아닌데? 파성격은 오로지 공성전에서만 작용하는 영지전 특화 스킬인데. 거기까지 생각했던 한주혁이 뭔가를 떠올렸다.

'아. 혹시?'

아까 강무열이 오색찬란한 빛을 뿌리며 어떤 공격을 했던 게 떠올랐다. 너무 약해서 제대로 신경 쓰지 않았었는데, 돌이켜 보면 이상했다.

'처음 화살이 더 강력하게 느껴졌어.'

두 번째 공격이 더 강력한 공격인 것 같았는데. 처음 화살이 더 강하게 느껴졌다. 어떠한 요인에 의해서 두 번째 공격이 매우 약화되었다는 소리다.

'파성격이?'

아무래도 그 원인은 파성격에 있는 거 같다.

'와. 이거 대박이네.'

보아하니 이 파성격의 운무가 상당히 큰 방어력도 겸하고 있는 것 같다. 말하자면 루펜달의 쉴드 같은.

'지금 나 방어 계열 마법 익힌 거야?'

개쓰레기 스킬인 줄 알았는데. 개쓰레기는커녕 보배 스킬 아닌가. M/P 소모가 조금 크긴 한데. 한국 랭킹 7위와 1,000명에 달하는 플레이어들이 한꺼번에 덤벼들어도 흠집 하나 내지 못하고 접근조차 하지 못하는 사기적인 방어막을 형성한 것 같다.

초반에 많은 플레이어가 한주혁을 '방어형 마법사'라고 오해했다. 아무래도 그게 오해가 아닌 듯했다.

—크리스탈이 전부 파괴되었습니다.

—크리스탈의 소유권이 이전됩니다.

—15분간 크리스탈을 지켜야 할 의무가 생성됩니다.

한주혁은 M/P를 체크했다.

'음. 이 정도면.'

'멸'과 '집'의 효과를 동시에 운용하고 있다. 따라서 M/P가 굉장히 빠른 속도로 줄고 있다. 한주혁의 M/P 절대량은 약 1,800 정도. 대략 계산하니 1분에 300 정도의 M/P 소모가 이루어지고, 진 파천악심공에 의하여 100이 차오른다. 결론적으로 1분에 200 정도의 M/P 소모가 있는 셈.

M/P가 꽉 차 있을 때에는, 물약 없이 이대로만 버티면 9분 정도를 버틸 수 있다는 소리다. 현재로써는 약 7분 정도를 버틸 수 있다. M/P 물약을 확인했다. 한주혁이 사용하는 물약은 최고급 M/P 포션. 한 번 마실 때마다 무려 70의 M/P를 채워준다. 그 물약을 300개 정도 갖고 있다.

'M/P 물약이랑 같이 운용하면 충분하겠네.'

그렇다면 이제 실험을 한번 해볼 차례다. 남은 시간은 14분 정도. 쓰레기 중의 쓰레기 스킬이라고 생각했던 파성격이 두 번의 강화를 거쳐서 정말 쓸 만한 스킬이 되었느냐.

확인해 보기로 했다. '집' 효과를 통해 크리스탈을 한자리에 모아 놓고서, 한주혁은 '멸' 시동어를 사용했다.

'멸.'

검은색 운무가 다시 폭발하듯 소용돌이치기 시작했다. 뒤쪽에서 병력을 독려하던 행정 클래스 투미아가 그걸 발견했다. 운무에서 뭔가 변화가 있었다.

"뭐, 뭐지?"

돌이켜 보면 아까 성벽을 공격했을 때와 좀 비슷한 것 같았다. 운무 속에서 번개가 내리쳤다. 이거 아무래도 느낌이 안 좋다.

그 순간, 운무에서 아까와 마찬가지로 엄청난 숫자의 검은색 창이 쏟아져 나오기 시작했다.

―플레이어를 사살하였습니다.

―플레이어를 사살하였습니다.

―플레이어를 사살하였습니다.

―플레이어를 사살하였습니다.

…….

한주혁에게 미친 듯이 알림음이 들려오기 시작했다.

'와. 이거 뭐냐?'

개쓰레기 스킬이 아니었다. 오히려 공격과 방어를 함께하는 초유의 대스킬이 되어버린 것 같다.

'그 쓰레기 스킬이 공방위 일체, 대인전 대성전 다 통하는 스킬로 업그레이드된 거?'

진짜 그런 거 같다. 한주혁은 흥분했다.

'근데 M/P 소모가 너무 크네.'

'멸'만을 따로 운용할 때. 그리고 '집'만을 따로 운용할 때보다 훨씬 더 큰 M/P가 소모되었다. 원래대로면 9분은 충분히 운용할 수 있을 거라고 생각했는데 같이 사용하자 3분도 제대로 쓰지 못할 것 같았다. 일단 확인은 했다.

초 파성격은 공격과 방어가 한꺼번에 가능한 스킬이 되었다. 이른바 공방위 일체. 한주혁은 '멸' 효과를 취소했다. 체력적으로 부담이 많이 됐다. 역시 나는 아직 쪼렙이구나. 이 정도로 힘들다니. 그것을 상기하면서 크리스탈을 지키는 것에 집중했다. 중간중간 악신 강림을 사용했는데 그것만으로 플레이어 800명 정도를 사살했다. 또 레벨업 했다.

-축하합니다!
-카리스마가 상승하였습니다!
-절대악 포인트를 1개 획득하였습니다!

이제 남은 시간은 약 1분. 한주혁은 절대악 포인트 5개를 사용하기로 했다. 이 빌어먹을 행운이 보상에 어떤 개 같은 영향을 끼칠지 모르니까.

네, 당신은 강력합니다. 그러나 영주로서의 자질을 확인할 수 없습니다. 영주로서의 권한이 박탈됩니다. 이런 말도 안되는 상황이 펼쳐질 수도 있는 거 아니겠는가. 그래서 절대악 포인트를 5개 사용하여 행운 수치를 일반적인 평범 수준으로 높여놓았다. 거기에 진 파천악심공 효과로 40퍼센트의 추가 가산이 붙으면서 운이 상당히 좋은 상태인, 행운 스탯 20이 되었다.

한주혁에게 알림이 들려왔다.

-세르니아가 함락되었습니다.

세르니아에는 수식어가 있다. 버려진 영지, 세르니아.

-세르니아의 영주권을 빼앗겼습니다.

그 버려진 영지 세르니아를 빼앗긴 대신.

-데르앙을 함락시켰습니다.
-축하합니다!
-데르앙의 영주 자격을 획득하였습니다!

데르앙의 영주 자격을 획득했다. 버려진 영지를 주고, 무역
도시 데르앙을 얻은 거다.

JTBN이 단독 보도했다.

-절대악. 데르앙을 접수하다.

그 소식은 아무리 신성이 감추려고 해도 감출 수 없었다. 이
미 JTBN 채널에 동시접속자가 수십만을 넘어섰다.

절대악이 혼자서 무역도시 데르앙을 함락시켰다는 소식이
전 세계에 퍼지기 시작했다. 신성과 동맹을 맺고 있는 대연합
엘진에서는 이에 대해 상당한 유감을 표시했다. 힘이 있다고

그 힘을 너무 남용하는 것이 아닌가에 대하여 깊은 우려를 표했다.

개인에게 너무 지나친 힘이 주어진 것 같다. 사람들은 이것을 경계하고 또 경계하며 조심해야 한다고 당부했다.

그런데 하필이면 그 당부하는 사람. 다시 말해, 엘진의 대변인으로 뽑혀 기자회견을 열게 된 사람이 '이베'였다. 겉으로 보면 성공한 사람이다. 젊은 나이에 워프 포탈 관리 팀장에 임명되었고 승승장구하고 있는, 성공한 젊은이니까.

－개인에게 지나치게 강한 힘이 주어졌습니다. 우리는 그것을 인정할 수밖에 없습니다. 그러나 그의 행보를 보면 우리는 그를 신뢰할 수가 없습니다. 수많은 플레이어를 죽여 풀카오가 된 것만으로도 그의 도덕성을 의심해야만 합니다. 제대로 된 인격과 수양. 그리고 그 스스로를 견제해 줄 수 있는 세력 없이 강력한 힘을 가진 자는, 스스로의 힘에 취해 폭주하기 쉽습니다. 아니, 이미 폭주하고 있습니다. 학살자로서의 자리를 공고히 하고 있습니다.

이베가 매우 진지한 얼굴로 그렇게 얘기했다.

－우리는 그를 경계해야만 합니다. 잊지 마십시오. 그는 살인자입니다. 그는 국가에 막대한 손실을 입히고 있는 중이며 수많은 플레이어를 학살한 반동분자입니다.

대부분의 공중파는 그 의견에 힘을 실었다. 절대악은 말 그대로 '절대악'. 절대로 동조하면 안 되는 악의 무리. 그렇게 보도가 되었다.

다만, JTBN에서는 약간 다른 내용이 보도되었다. 그때 JTBN 채널의 동시접속자 숫자는 약 100만 명에 이르렀다.

JTBN의 방송을 보고 있으면 현 상황이 정확하게 보였다.

신성은 버려진 영지 세르니아를 얻은 대신, 무역도시 데르앙을 잃었다.

–공중파에서는 왜 이런 내용을 하나도 안 다루는 거지?

이러한 정보에 관심이 있는, 한국이 어떻게 돌아가는지 관심이 있고 찾아보는 이들이라면 이러한 내용을 잘 알겠지만, 정세에는 크게 관심 없는 사람들은 알지 못할 터.

JTBN 채널에 모인 사람들이 실시간으로 계속해서 의견을 표출했다.

–절대악은 학살자이고 반동분자임. 일부 또라이들이 절대악을 추종하는 것 같은데 절대 그래서는 안 됨. 저런 같잖은 선동에 넘어가면 안 됨.

사실상 한주혁이 무언가를 선동했거나 없던 사실을 날조했거나 한 적은 없다.

—신성 연합 및 하청 플레이어 수천 명이 24시간 접속 불가 페
널티 얻었음. 내가 알기로 그러면 일급이 통째로 날아감. 개개인으
로 보면 그런데 신성 전체로는 타격이 막심함. 신성을 저렇게 흔
들면 결국 대한민국 전체가 흔들림. 제발 편들려면 알고 편듭시다.

또 따지고 보면 24시간 접속 불가 페널티에 따르면 일급 차
감은 한주혁이 잘못한 게 아니라 신성이 잘못하고 있는 거다.
절대악과의 전쟁터에 밀어 넣은 것은 신성. 그런데 죽은 플
레이어에게 책임을 떠넘기는 건 신성이 잘못하고 있는 거다.
정규직. 다시 말해 신성 소속 플레이어에게는 불이익이 적은
모양이지만, 하청 플레이어들은 한순간에 일자리를 잃은 것
과 다름없었다.

—절대악은 사회악임.
—전 국민 5,000만 명 중에 겨우 100만 명 보는 채널에서 여론
형성됐다고 그게 전부인 줄 알면 그게 우물 안 개구리지.
—여기서 절대악이 멋지다 어떻다 떠들어봤자 전 국민의 겨우 2
프로임. 2프로가 마치 여론인 것처럼 선동하면 안 됨.

마치 댓글부대가 존재하기라도 하듯, 절대악에 우호적인

의견이 대부분이었던 JTBN에 갑자기 절대악을 욕하는 무리가 생겨났다.

JTBN 손석기는 탐지 스킬을 사용했다. JTBN 채널은 올림푸스 매니아와 연결되어 있으며 올림푸스 매니아는 제우스의 컨트롤을 받는다. 손석기는 제우스의 권한을 '언론인' 클래스에 관한한 일부 사용할 수 있었다.

손석기가 스킬을 사용했다.

'바른 언론인의 자세.'

그와 동시에 알림이 들려왔다.

−유사한 내용이 반복됩니다.

−일정한 매뉴얼을 가지고 있을 확률 99.99퍼센트.

−동일한 접속 지점에서의 동시다발적인 접속을 확인합니다.

−제우스의 권한으로 제지를 시작합니다.

제우스는 인류가 명확하게 밝혀내지 못한 세계 최대의 미스터리. 현시대를 이끌어가는 올림푸스를 운영하고 있는 시스템이다. 그 실체가 무엇인지 정확하게 규명할 수 없어 그냥 인공지능이라고 부르고 있다.

손석기가 사용한 스킬에 의하여 그 인공지능이 움직였다. JTBN 채널에 전체 알림을 뿌렸다.

-일정한 목적을 가지고, 일정한 장소에서, 일정한 내용을 반복하여 올리는 행위를 묵과하지 않습니다.

그와 동시에 일정한 내용을 말하던 유저들은 채널에서 강퇴당했다.

-헐. 대박. 이건 제우스가 직접 강퇴한 것 같은데?
-소문으로만 존재하던 댓글부대가 진짜 있나?
-제우스가 그렇다고 판단했으면 99프로 있는 거지.

사람들은 놀라워했다. 어쩐지. 갑자기 수많은 사람이 나타나 '절대악은 악이다'를 주장했다. 진짜로 댓글부대가 있어서, 그래서 제우스가 추방했을 확률이 매우 높았다.

제우스가 보내는 알림이 아닌, JTBN의 손석기가 보내는 채널 알림도 떴다.

-JTBN은 그 어떠한 경우에도, 여론조작 행위를 막아낼 것입니다. JTBN은 제우스가 보호합니다.

그리고 JTBN에서 또 다른 영상이 공개됐다. 공중파에서는 이베가 기세등등하게 모습을 드러내 절대악을 욕했고, JTBN에서는 이베(라고 추정되는 엘진의 누군가. 모자이크가 되어 있어서 얼굴은 보이지 않았다.)가 어려 보이는 여학생들을 데리고 성상납 비슷한 것을 받는 영상이었다. 영상 속 여자가 이렇게 말했다.

　-아저씨, 저 진짜 엘진에 취직시켜주시는 거죠?

　한두 건이 아니었다. 굉장히 많았다. 그 영상은 JTBN을 넘어서서 대한민국을 뜨겁게 달아오르게 만들었다. 이른바 엘진의 섹스 스캔들.
　절대악이라는 닉네임을 가진 자가 올림푸스 매니아에 글을 올렸다.

　-이러면서 너희가 사회정의를 논하냐?

　진짜 절대악인지 아닌지는 모른다. 다만 '절대악'이라는 닉네임을 쓰고 있을 뿐. 그가 또 말했다.

　-데르앙을 접수했는데. 꽤 재미있는 것들이 많이 나오더라. 긴장하자. 자칭 귀족 친구들아.

　결정적인 한마디를 더했다.

　-너네 진짜 마음에 안 든다. 특히 신성, 엘진. 다 죽었어.

엘진 내부에서 난리가 났다. 절대악이란 놈은 언제 또 저런 영상을 입수해서 이런 여론전을 펼친단 말인가. 엘진에서는 즉각 발표했다.

–조작된 영상이며, 엘진은 그에 대하여 어떠한 반박의 가치도 느끼지 못하겠습니다.

조작된 영상이라고 둘러대면 그만이다. 어차피 얼굴은 공개할 수 없는 거고. 공개하는 순간, 올림푸스 내의 세력이 아니라 현실의 검찰이 움직일 테니까. 신성과 엘진이 합법적으로 절대악의 신상을 어떻게든 털어낼 수 있을 테니까.

절대악은 언제나 익명성 뒤에 숨어서 올림푸스 매니아를 활용했다.

–진짜? 정말로? 마지막 기회 준다. 착실히 털어서 사내 질서 바로잡아라. 인간적으로 이제 갓 스무 살 되는 여자애들을 이런 식으로 이용해 먹는 건 너무한 거 아니냐?

한국은 매일매일이 사건의 연속이었다.

200년간의 상식을 철저하게 무너뜨려 버린 절대악이 이번에는 대연합 신성을 건드린 것으로도 모자라 대연합 엘진까지 물고 늘어지지 않았는가. 그런데 이제는 단순히 건드리다, 물고 늘어지다 정도로 표현할 수가 없게 됐다.

혼자서 영지를 쳐부수는 말도 안 되는 무력을 가진 절대악. 그는 지켜야 할 것이 별로 없다. 잃을 것도 없다. 단신으로 대연합에 막대한 피해를 입힐 수 있는 핵폭탄급 인사가 되어 버렸다.

어쨌든 그 인사가 나서서 무역도시 데르앙을 접수하더니, 엘진의 섹스 스캔들을 터뜨렸다. 뿐만이 아니었다.

절대악이 이런 말도 했다.

-데르앙을 접수했는데. 꽤 재미있는 것들이 많이 나오더라.

하나의 협박이었다. 알아서 잘하라고.

한세아는 요즘 스파이짓을 열심히 하고 있다. 성좌 퀘스트에 열심을 올려야 하는지, 스파이짓에 열심을 올려야 하는지. 스스로 헷갈릴 정도.

그녀가 말했다.

"오빠, 진짜 이베 얼굴 공개할 거야?"

"아니, 그건 범죄야."

"역시 그렇지?"

한세아는 나름 안심했다. 대한민국을 떠들썩하게 만들고 있는 주인공의 동생이라는 것이 재미있기는 한데, 또 한편으로는 조마조마했다. 한국을 떠받치는 거대한 기둥 두 대연합을 한꺼번에 건드리고 있으니.

"그냥 확인한 거야. 얘네들이 자기 죄 인정하나 안 하나."

"죄는 무슨. 천민으로 태어나서 그래도 준귀족이랑 몸 섞었으면 좋은 거 아니냐고 그러던데."

"누가?"

"성좌들이."

들으면 들을수록 가관이다. 절대왕정 시대의 왕족이나 입에 담을 법할 말들을 아무렇지도 않게 담는 것을 보면.

"게네 입장에서 이베가 준귀족쯤은 되는 거네."

"응. 무슨 이사의 조카인가? 하여튼 엘진 실세 가족 중 한 명이래."

"그래."

그놈들은 정말로 그렇게 생각할 것 같다. 신귀족, 신귀족. 말로만 들었었지. 알면 알수록 더 정나미 떨어지는 놈들.

"그럼 어떻게 하려고? 데르앙에서 뭐 발견됐다며."

"어."

한국은 대연합 위주의 사회다. 대연합들은 대연합끼리의

전쟁을 별로 걱정하지 않는다. 평화가 150년 넘게 지속되어 왔고, 그사이에 대연합들은 서로의 영역을 침범하지 않으면서 온갖 부와 권력을 쌓아왔다.

"개판이더라."

세금을 많이도 걷었다. 직접세는 물론이고 간접세까지. 세금은 NPC한테만 걷는 게 아니다. 영지에 등록한 플레이어들에게서도 많이 걷었다. 물론, 신성 하청이면 신성 소속의 영지에 등록해야 한다. 엘진 하청이면 엘진 소속 영지에 등록해야 하고. 그건 사회의 불문율 같은 거였다. 세금을 걷기는 하는데, 뭔가 따로 챙겨주는 건 없다. 그냥 걷기만 한다.

"시르티안이 살펴보고 있어."

세금을 많이 걷어서 유저나 NPC에게 베푸는 건 전혀 없다. 오히려 이 세금들은 연합들의 비자금이 되었다. 워낙에 연합들의 태평성대가 이어지다 보니, 불법적으로 뒤로 빼돌린 정황들을 그다지 숨기지도 않았다.

그리고 그 사실을 강무환도, 강무석도 모두 알고 있었다.

강무환은 이런 상황을 꿈에도 생각하지 않았다. 한국의 표면적 절대자로 군림하면서, 이런 상황이 올 거라는 것은 예측조차 하지 못했던 거다.

영지를 빼앗겼다. 그 안에 각종 문서와 회계장부 등이 있을 텐데.

'제대로 정비를 하고 증거자료들을 찾기 전에 쳐야 한다.'

데르앙은 무역도시고 골드가 상당히 많이 나오는, 신성의 큰 수입원이다. 영지에서 나오는 돈만큼 세탁이 쉬운 돈이 없다. 당연히 정부에는 고지하지 않았다. 데르앙 한 곳에서 빼돌린 돈만 수천억은 될 거다.

신성과 엘진은 다시 한번 연합군을 편성했다. 버려진 영지 세르니아는, 그 크기가 별로 크지 않아 겨우 3만밖에 동원할 수 없었다. 그 이상의 병력은 그 시간에 다른 일을 하는 것이 효율적이니까.

하지만 데르앙은 다르다. 그리고 상황이 달라졌다. 어차피 정부도 알고 있을 테고, 국민들도 알고는 있을 거다. 신성 등 대연합들이 따로 비자금을 만들고 있고 불법적으로 재산을 증식하고 있다는 것을. 그러나 그걸 암묵적으로, 암암리에 아는 것과 대놓고 아는 것에는 큰 차이가 있다.

'놈은 강하다.'

상식을 철저하게 깨뜨릴 만큼. 하지만 한국의 랭커 1위부터 4위까지가 함께하는 연합군이라면?

놈은 혼자다. 지원군이라고 해봐야 네크로맨서와 펫 정도. 성을 지켜내지는 못할 거다. 어떻게든 영지를 다시 빼앗고 서류들을 처리해야 했다. 지금은 영지전이 중요한 게 아니었다.

거대 언론들이 이번에는 세르니아가 아닌, 데르앙을 집중 조명하기 시작했다.

-신성의 강무환. 단죄의 칼을 빼들다.
-사회를 어지럽히는 절대악. 더 이상 두고 볼 수 없어.

물론 거대 언론들은 절대악이 어떻게 데르앙을 칠 수 있었는지, 어떤 과정을 거쳤는지 전혀 보여주지 않았다. 그들은 절대악이 사회의 암덩어리라고만 외쳐댔다. 그들의 외침대로, 여론은 그렇게 움직이는 것 같아 보였다.

하지만 단순히 그렇지는 않았다.

-나는 데르앙에 등록하러 간다.
-절대악이 내건 공약 봄?
-나는 무조건 감.

지금 데르앙 영지에 등록하고 영지 소속 플레이어로 전환하면 몇 가지 특약이 있었다. 무상 포션 제공. 무상 화이트 스톤 제공. 신성 및 엘진 소속 사냥터 자유 이용 가능.(이후 절대악이 직접 사냥터를 치러 간다고 공표했다.) NPC들에 의한 스텝업 퀘스트를 누구나가 이용할 수 있도록 조정. 기타 등등.

-근데 그게 가능한가?

-행정 전문 NPC 들여서 세금에 대해서 보니까 장난 아니래. 비리가 너무 대놓고 있어서 이게 비리인가 싶을 정도라는데.

-복지고 뭐고, 스텝업 퀘스트 받을 수 있도록 배려하는 게 대박 아님? 데르앙 영주권 따면 대연합에 의지 안 해도 NPC한테 스텝업 퀘스트 받을 수 있음. 이게 팩트.

-지금 신성하고 엘진이 발 등에 불 떨어졌다고 미친 듯이 쳐들어간다고 함.

공중파에서는 신성과 엘진이 사회악 처단을 위하여 움직인다고 묘사했으나, SNS와 인터넷 공간에서는 신성과 엘진이 증거를 인멸하기 위해 빠르게 움직이고 있다고 얘기했다.

어떤 쪽이 맞는지는 아무도 알 수 없었다. 다만 절대악은 이렇게 발표했다.

-이 세금을 뒤로 빼돌리지만 않으면 제가 언급한 복지혜택 전부 가능합니다. 또한 스텝업 퀘스트를 일부 플레이어들이 독식하지 못하도록 제재하겠습니다.

간단하게 몇 개를 간추려 소개했는데 휴지통 하나에 300만 골드에 샀단다. 문서 기록용 USB 하나에 100만 골드. 진짜로 그럴 리는 없다. 휴지통 하나에 5만 골드라 가정하면, 나머지

295만 골드는 누군가의 주머니로 들어갔다는 소리다. 누군가가 누구인지는 알 수 없지만.

　-데르앙 영지를 투명하고 철저하게 관리하여 보다 나은 환경을 제공하도록 하겠습니다.

　그렇게 '절대악 열풍'의 불씨가 만들어졌다. 그리고 그 '절대악 열풍'을 본격적으로 불태워줄 사건.
　드디어 '데르앙 수성전'이 발발했다.

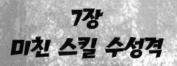

7장
미친 스킬 수성격

　대한민국의 경제를 이끄는 쌍두마차 신성과 엘진은 부랴부랴 연합원들을 끌어모아 연합군을 편성했다.

　그런데 한국에는 그 두 대연합만 있는 것이 아니다. 한국에서 내로라하는 연합들. 편성하기에 따라 약간은 다르지만 어쨌거나 큰 맥락에서의 '100대 연합'의 눈치싸움이 시작됐다.

　"저희는 어떤 포지션을 취해야 합니까?"

　"너무 지나치게 소극적인 포지션을 취하면 신성과 엘진에 찍힐 수도 있습니다."

　"절대악은 사회현상입니다. 신성과 엘진이 아무리 언론을 꽉 붙잡고 여론을 조작하려 들어도, 이미 그것은 감출 수 없는 경지에 이르렀습니다."

　"그렇지 않습니다. SNS나 올림푸스 매니아를 적극적으로 활용하는 특정 층에서만 절대악을 지지하고 있습니다. 사실상 대한민국 인구의 대부분은 절대악을 학살자로 보고 있습니다."

그러나 그들에게 있어서 학살자든, 정의의 사도든, 그런 건 전혀 중요한 문제가 아니었다.

"다만 절대악이……. 영지전에서 저렇게 엄청난 힘을 지속해서 발휘할 수 있느냐. 그것이 관건인 것 같습니다."

100대 연합들은 영지를 최소 1개 이상은 가지고 있다. 대부분의 경우 각종 이권사업과 자금세탁을 위해 이용된다. 연합 간의 평화가 150년 이상 지속되어 왔고, 영지라는 것이 곧 비자금 마련의 성지라는 것을 모르는 사람은 아무도 없을 정도가 되었다.

"만약 절대악의 저런 힘이 일시적인 것이 아니라면. 그래서 저런 말도 안 되는 힘을 계속 보유한다면……. 아니, 더욱 강해진다면 우리는 신성이나 엘진이 아닌 절대악 편에 붙어야 할지도 모릅니다. 역사가 바뀌는 기로에 서 있는 것일지도 모릅니다."

"그래도 신성과 엘진이 연합했습니다. 저희는 너무 경거망동하지 말고 사태를 주시해야 합니다."

그러고 싶은데 신성과 엘진이 100대 기업에게 무언의 압박을 주고 있다. 지금 언론에서 절대악을 학살자로 몰면서, 하나의 '사회악'으로 규정하고 있는데 다른 연합들은 어서 성명을 발표하지 않고 뭐 하고 있느냐. 빨리 절대악이 쓰레기라고 공표해라……. 라는 것을 하나의 서신으로 얘기했다.

절대악 척결 협의서.

100대 연합이 모두 절대악을 사회악을 규정하고 절대악을 척살하자는 얘기다. 100대 연합이 그렇게 힘을 합치게 되면, 대한민국의 플레이어 대부분이 적이 된다는 소리다. 100대 연합의 하청에 하청까지 내려가면 대부분의 국민이 속해 있으니까.

"절대악 척결 협의서에 하루빨리 서명하지 않으면…… 미운털이 박힐 수 있습니다."

만에 하나 신성과 엘진이, 여태까지 그래왔듯이 신흥강자를 철저히 짓밟아 버리게 되면? 그러면 지금 이렇게 눈치 보고 있는 것을 가지고 어떤 트집을 잡을지 모른다.

100대 연합 중 90퍼센트 이상의 연합들이 절대악 척결 협의서에 서명했고, 절대악에 대한 척살령을 내렸다. 나머지 10퍼센트의 연합들은 아직 좀 더 고민하는 것처럼 보였다.

몇몇 연합의 연합장들이 결단을 내렸다.

"조금…… 미운털이 박힐 수 있다 할지라도. 우리는 좀 더 지켜보도록 합니다. 데르앙 영지전을 보고 다시 논의합시다."

루펜달은 신났다. 라피드 스텝! 블링크! 현란한 이동스킬을 뽐내며 화려한 스텝을 선보였다.

최단 시간.

최적의 이동 루트.

연계되는 스텝 스킬 트리.

거기에 더해,

'빠른 획득!'

-스킬. 빠른 획득을 사용합니다.

액티브 스킬 '빠른 획득'으로 인한 광역 아이템 줍기까지. 루펜달은 만족했다. 이 스킬. 투자할 가치가 있다. 일정 반경 내에 있는 아이템들을 한꺼번에 주울 수 있는 스킬이 생겼다. 방어형 PVP 전문 마법사 루펜달로서의 정체성을 점점 잃어갔다.

'누구보다 빠르게!'

그는 펫 1호로서의 자리를 공고하게 하기 위하여 열심히 뛰어다녔다. 무역도시 '데르앙'에서 형님께서 근 2천에 달하는 플레이어들을 몰살시킨 덕분에 아이템도 많이 드랍됐다.

"형님, 제가 다 수거해 왔습니다."

"잘했어."

루펜달이 있으니 아주 편하다. 모양 빠지게 아이템 주우러 안 다녀도 되고. 루펜달은 양손을 파리처럼 비비면서 펫 1호가 자신임을 강조했다.

"펫에게 칭찬은 가당치도 않습니다. 제 일을 열심히 알아서 찾아 하겠습니다. 맡겨만 주십시오."

한주혁이 아이템 두어 개를 루펜달에게 건넸다.

"한 개만 받겠습니다! 저는 펫이고 주인의 밥상에서 떨어지는 밥풀로도 만족합니다! 더 먹으면 체합니다!"

그는 기뻐했다. 저 아이템. 누누의 목걸이는 시세가 700만 원 정도 하는 목걸이다.

절대악의 펫이 되길 잘했다고 생각했다.

'이번 달도 3천만 원 돌파다!'

한편, 앱솔루트 네크로맨서 천세송은 꼬꼬를 타고 날아다니면서 절대악 열풍에 힘을 보탰다.

"일어나라. 죽음의 군단이여!"

그녀가 몰고 다니는 언데드 군단이 플레이어들을 학살했다.

–절대악의 행보에 큰 도움으로 인정됩니다!
–경험치 획득량이 100퍼센트 상승합니다!
–PVP시 데미지가 30퍼센트 증가합니다!

그녀는 데르앙 주변에 위치하고 있는, 워프 포탈 한두 번으로 이용이 가능한 신성과 엘진 소유의 사냥터에서 플레이어들을 사냥했다. 대여섯 개의 사냥터에서 천세송이 활개를 쳤다. 그것이 곧 신성의 몰락을 의미하는 건 아니지만 신성 입장에서는 신경을 쓸 수밖에 없었다.

더더군다나.

—데르앙 주변 사냥터 완전히 공개됐음.
—굳이 데르앙 영주권 없어도 쓸 수 있게 무료 개방한다고 함.
—신성이나 엘진 애들이 와서 시비 걸면 꼬꼬 탄 네크로맨서가
와서 또 학살해 줌. 개이득인 부분.

사냥권을 독점하고서 좋은 사냥터를 소유하고 있던 대연합
의 입장에서 이러한 변화는 눈엣가시일 수밖에 없었다.
그렇다고 또 네크로맨서만 마냥 쫓아다니기에는 지금 데르
앙 영지전이 급했다. 여러모로, 신성과 엘진은 피곤했다. 그
럴수록 그들은 절대악을 짓밟고 싶었다. 그리고 절대악을 짓
밟고 싶은 사람은 신성과 엘진의 수뇌부뿐만은 아니었다.
엘진의 워프관리 팀장 이베. 현실 이름으로 이병운도 마찬
가지였다. 그는 큰어머니께 불려갔다. 이유는 명료했다. 절대
악 미친새끼가 그 동영상을 공개해 버렸기 때문이다.
'개새끼. 나만 이러는 것도 아닌데.'
왜 하필 나만 갖고 이러는지 모르겠다. 그 자신은 잘못이 없
었다.
'어차피 그년들도 같이 즐겼다고.'
어린년들이 몸을 팔아댄 것에 대해서는 일절 언급도 없고.
왜 나만 갖고 이러는지 모르겠다.

'젠장.'

큰어머니인 김은영 이사를 만나러 가는 발걸음이 무겁기 그지없었다. 정말 혼날 줄 알았다. 자신이 친자식이라면 모를까. 친자식도 아닌 조카이지 않은가. 그래서 많이 긴장했다. 그래도 큰어머니가 뒤에 든든히 버티고 있어서 여기까지 올 수 있었는데. 한순간에 나락으로 떨어지는 것은 아닐까.

"모자이크 되어 있었지만…… 너였더구나."

"……죄송합니다. 입이 열 개라도 할 말이 없습니다."

잘못은 없다. 나쁜 건 절대악이다. 그렇지만 큰어머니 앞에서는 용서를 구해야 했다. 살아남기 위해서.

"아니다. 젊은 나이에 그럴 수도 있지."

이베는 고개를 번쩍 들었다.

"그 계집애들이 나쁜 것이지. 너는 잘못이 없다."

"……."

예상하지 못했다. 정말 크게 혼날 줄 알았는데.

"그 영상은 조작된 영상이다. 너는 그런 짓을 한 적이 없어. 알겠니?"

"……알겠습니다!"

구원의 빛이 내려오는 것 같다. 큰어머니가 이렇게 얘기하는 걸 보면, 상부에서도 그냥 모른 척 덮어버리기로 한 것 같았다.

"그 계집애들이 네게서 좋은 유전자를 받고 싶어서 너를 유혹했겠지."

이베는 순간 고개를 끄덕일 뻔했다. 큰어머니 앞이라서 대놓고 동의하지는 못했지만 그는 머릿속으로는 동의했다.

그래도 나 정도면 꽤 괜찮은 유전자를 가지고 있지 않은가. 무려 대연합 엘진의 실세 중의 실세. 파란마음 이사의 조카인데. 신귀족들의 계급으로 보면 그래도 준귀족 정도는 되지 않는가.

"제깟 것들이 언제 귀족과 손이라도 잡아보겠어. 그러니까 너무 걱정하지 말고, 네 일에 집중하렴. 엘진이 너를 지켜줄 거야."

"감사합니다, 큰어머니. 열심히 해서 엘진의 이름을 더럽히지 않도록 노력하고 또 노력하겠습니다!"

김은영. 파란마음 이사는 이베를 흐뭇한 눈으로 쳐다봤다. 마음을 놓은 이베가 물었다.

"큰어머니도…… 데르앙 영지전에 참여하시나요?"

파란마음. 엘진의 실세 중 실세. 한국 랭킹 5위. 단도와 레이피어를 사용하는 이도류 검술가.

파란마음이 자신 있는 목소리로 말했다.

"이번 데르앙 전투에는 랭킹 1위부터 5위가 집결할 거야. 데르앙은…… 반드시 탈환해야 하거든."

절대악 열풍이 일기 시작했다. 덕분에 시르티안이 많이 바빠졌다.

"오늘로 데르앙 영지에 등록한 플레이어의 숫자가 1만 명에 육박하였습니다. 아직은 느리지만…… 이번 전투. 제가 명명하기로 데르앙 수성전을 통하여 주군의 위엄을 보이시면 유입 속도가 훨씬 더 빨라질 것입니다."

JTBN의 동시접속자 수가 100만에 달했다. 해외 이용자가 얼마나 되는지는 모르겠으나, 어쨌든 100만 명 중 1퍼센트가 자신의 생각을 행동으로 옮겼다.

－저는 절대악을 지지합니다.

－오늘로 절대악 편에 서기로 했네요.

－나도 데르앙 영지전에 참여할 거임.

－악느님 날 가져요. 엉엉.

100만 명 중 1퍼센트. 1만 명.

숫자로 보면 그렇게 큰 숫자는 아니었다. 그래봐야 겨우 1만 명이니까. 연합전선을 구축하고 데르앙을 포위하여 다가오는 신성과 엘진의 연합군이 20만가량 됐다. 숫자로만 보면 그렇게 유의미한 숫자라고 보기에는 힘들었다.

다만, 신성과 엘진에 불만의 목소리를 전혀 내지 못하던 사람들이, 무려 1만 명이나 신성과 엘진에 반기를 들었다는 것이다. 강무석의 표현을 빌리자면 신성에 '반역'하고 있는 중이었다.

　-근데 JTBN에서 그렇게 난리친 것 치고는 데르앙에 등록한 사람이 별로 없네.

　-오늘 발표 보니 1만 명 정도 된다고 함.

　-그래도 신성과 엘진 연합군을 상대로 맞짱을 뜰 생각을 하게된 것 자체가 이미 신기한 거 아님?

　JTBN의 접속자 수는 이제 100만 명이 아니었다. 동시 접속자 수가 무려 100퍼센트 증가하는 기염을 토했다.

　-와, 대박. 신진 연합 애들 보이기 시작한다.

　데르앙 바깥. 넓게 펼쳐진 동문과 북문의 데르앙 평원. 서문과 남문의 데르앙 초원. 그곳을 가득 메운 신성과 엘진 연합군. 줄여서 신진 연합군이 보이기 시작했다.

　-랭킹 1위부터 5위까지 다 모였다고 함.

　-한국 최상위 랭커들에 20만 명? 아무리 절대악이라도 이건 좀 힘들지 않겠음?

　당연히 힘들다. 아무리 강해도 1만의 병력을 가지고 20만 명과 싸우는 것은 힘든 정도가 아니라 불가능한 거다. 다만, 200년의 상식을 깨뜨려 버린 절대악이기에, 그래서 사람들은 기대하고 또 염려했다.

JTBN 카메라 화면에 절대악도 잡혔다. 성벽. 가장 높은 망루에 절대악이 서 있었다.

사람 일이라는 게 언제나처럼 쉽게 쉽게 돌아가지는 않는다.

'빨리 아저씨한테 돌아가야 하는데.'

앱솔루트 네크로맨서인 천세송은 오늘 나름 힘겨운 상대를 만났다. 거리를 자꾸만 좁히면서 달려드는 통에 그녀가 소유하고 있는 다크나이트 3기가 소멸했다.

더더군다나 신성과 엘진은 대연합답게 데르앙에서의 전쟁을 준비하면서도 성기사 계열 클래스, 사제 계열 NPC 등을 동원하여 각자의 사냥터를 사수했고 시간이 흐르면 흐를수록 천세송 혼자서 활약하기에는 조금 벅찬 면이 있었다.

힘겹게, 힘겹게 그 이름 모를 플레이어를 죽였는데 아직도 장애물이 조금 남아 있었다.

"너는 이 자리에서 죽어줘야겠다."

소연합장 로안. 젊은 남자 중에서는 제법 성공했고, 현실의 천세송에게 수작을 부리던 로안이다. 그는 문고리 3인방에게 잘 보이는 데 어느 정도 성공했고, '르우만 골짜기'가 아닌 '네

이피어 평원'에 다시 자리를 잡았다.

그는 흐흐흐 하고 웃었다. 보아하니 저 네크로맨서, 체력이 많이 딸리는 모양이다. 평소에는 얼굴을 철저히 가리고 다니는데 오늘은 지쳤는지, 혹은 당황했는지 로브도 벗겨져 있었다.

"그딴 면상을 하고 다니니까 절대악에 빌붙어 기생할 수밖에 없는 거야."

올림푸스 세계에도 유명한 말이 있다. '본판불변의 법칙.' 물론 폴리모프 포션 같은 것을 사용하여 얼굴을 바꾸거나 하기는 하지만, 기본적으로 본판이 안 예쁘면 예뻐지는 데 한계가 있다. 반대로 본판이 예쁘면 원래보다 훨씬 더 예뻐진다. 대부분의 플레이어들이 원래 얼굴보다 예쁘게 만들면 예쁘게 만들었지, 더 못생기게 만들지는 않는다.

로안은 지극히 상식적인 사람이었고 지금의 못생긴 천세송을 지금보다 더 못생겼다고 판단했다.

"방구석에서 컵라면이나 주워 먹으며 열폭하는 미친년이었군."

정말 신기한 건, 저 못생긴 여자를 보고 있는데 자신이 반한 그 여자애가 떠오른다는 거다. 얼굴이 완전히 다른데도 말이다. 더 정확히 말하자면 저 못생긴 여자를 보니, 세상에 저렇게 못생긴 년이 있나 하는 생각이 들었다가, 반대로 세상에 그렇게 예쁜 여자애도 있는데 말이야…… 라고 생각한 거지만.

"네년이 날뛰는 것도 여기서 끝이다."

체력도 다했으니 이제 끝내줘야지. 절대악에 대한 분노와 원망을, 천세송에게 대신 쏟아냈다.

"너 같은 년은 줘도 안 먹어."

천세송은 다른 곳에 정신이 팔려 있던 상태. 빨리 처리하고 아저씨한테 가야 되는데. 절대악이랑 같이 행동하면 경험치도 많이 받고 아이템도 좋은 거 드랍된다고 자랑하러 가야 하는데. 그런 생각을 하던 차. 앞에서 뭔가를 중얼거리고 있는 로안을 쳐다봤다.

앞에 말은 제대로 안 들었다. 옆에서 개가 짖는데 그 개가 무슨 말을 하는지 열심히 듣는 사람이 없는 것과 비슷한 이치다.

저 말 하나 제대로 들었다.

"너 같은 년은 줘도 안 먹어."

그래서 벌을 줬다.

"일어나라. 죽음의 병사여."

안 그래도 난이도 높은 동굴, 기르칵투에서 서식하던 히든 보스 몬스터 기르칵투가 모습을 드러냈고 기르칵투의 독니에 로안은 순식간에 검은 잿더미로 변했다.

앱솔루트 네크로맨서는 지친 것이 아니라, 힘을 비축해서 얼른 데르앙으로 돌아가기 위해 언데드들을 역소환한 것뿐이었다. 로안이 그걸 오해한 거고.

죽여 놓고 보니, 어디선가 봤던 얼굴 같은 기분이 들었다. 얄상한 외모, 야비한 눈빛. 음…… 어디서 본 것 같은데. 잘 기억은 안 났다.

검은 잿더미가 발악했다.

"너희 어미도 너 같은 추녀를 낳고 좋아라 했겠지!"

그래서 벌을 줬다.

"일어나라. 죽음의 병사여."

그는 간과했다. 앱솔루트 네크로맨서가 굳이 플레이어들을 언데드로 만들어 조종하지 않는 것은, 그게 힘들어서가 아니라 플레이어들이 너무 약하기 때문이었다.

앱솔루트 네크로맨서가 권속이 된 로안에게 명령을 내렸다.

"H/P 다 떨어져서 죽을 때까지. 팔굽혀펴기 실시."

로안은 그 명령을 거부할 수 없었다. 자괴감에 몸부림치며 팔굽혀펴기를 시작했다. 천세송은 로안에 그다지 큰 관심을 두지 않았다.

지금 그녀는 바빴다.

'얼른 아저씨한테 가야지.'

꼬꼬의 등에 올라탄 그녀는 남몰래 웃었다. 신났다. 그녀는 아무도 모르게 중얼거렸다.

"아싸. 아저씨 보러 간다."

한주혁은 성벽의 가장 높은 성루에서 20만 명의 병력이 몰려드는 것을 봤다. 망루는 동문의 데르앙 평원 쪽을 바라보고 있었고, 데르앙 평원 너머 지평선에서 우글거리는 인파를 확인했다.

"많긴 많네."

많긴 많은데 그다지 걱정은 되지 않았다.

8년 전. 한주혁이 처음 파성격과 수성격을 익혔을 때. 그는 시스템 보정으로 성이 없음에도 불구하고 파성격과 수성격을 사용해 볼 수 있었다. 그때, 그는 파성격에도 실망했지만 수성격에는 더더욱 실망할 수밖에 없었다.

"이렇게 능력치 개쩌는 스킬인데, 성 지키는 데밖에 못 쓴다고?"

이거야 빛 좋은 개살구 아닌가. 그 당시 그는 영주가 되고 싶은 마음도 없었고, 영주가 될 거라고 생각도 안 했다. 영지는 대연합이나 중견연합쯤 되어야 겨우 가질 수 있는 거니까. 완전히 딴 나라의 얘기라고 생각하던 중이었으니까.

"아, 진짜 쓰레기긴 쓰레기인데 너무 아까운 쓰레기네."

너무 아까워서, 언젠가 성을 한번 가져보고 싶다는 생각을 했을 정도였다.

'파성격이 그 정도였으니까.'

반대로 수성격은 훨씬 더 커다란 힘을 발휘하겠지. 20만 명? 올 테면 와봐라. 별로 무섭지도 않다. 그렇게 생각했다.

시르티안은 조금 걱정하는 듯했다.

"주군, 숫자가 엄청납니다. 장로들을 소집할까요?"

"아니, 에르페스 제국이 관심을 갖게 돼."

지금은 현실의 대연합들만을 상대하는 것에 집중하기로 했다. 스카이데블의 장로들이 움직이면, 그에 따라 에르페스 제국도 본격적으로 움직일 가능성이 있다.

시르티안이 지평선을 쳐다봤다. 많아도 너무 많지 않은가. 이쪽의 병력이라곤 오합지졸 같은 1만 명의 플레이어와 원래부터 성을 지키던 NPC들 1,000명 정도. 도저히 상대가 되지 않을 전력이다.

데르앙에 등록한 플레이어들 몇몇은 로그아웃을 감행했고, 또 몇몇은 도망쳤다. 만 명의 플레이어 중 성을 지키겠다 나선 플레이어는 겨우 1퍼센트에 불과했다. 결국 백 명이 남았다는 소리.

그들은 데르앙에서 함께하지 않는 대신, JTBN을 통해 절대악의 행보를 주목했다.

-아. 아무리 절대악이라도 이건 힘들어 보이는데…….

-20만, 20만. 말로만 들었지. 저 정도일 줄이야.

카메라 한 번에 잡히지도 않는 정도였다. 데르앙 평원을 가득 메웠다. JTBN 카메라 혹은 영상 기록 스톤으로 본 20만의 군사는 그랬다.

그 20만의 군사가 성벽 근처에 다가왔을 때, 절대악이 또다시 스킬을 사용했다.

-스킬. 수성격을 사용합니다.

수성격은 파성격과 마찬가지로, 진 파천악심공의 영향을 받아 두 단계나 강화되었다.

-스킬. 수성격을 사용합니다.

-진 파천악심공의 효과로 진 수성격이 초 수성격으로 전환되어 사용됩니다.

-진 파천악심공의 효과로 수성격의 공격력이 40퍼센트 추가됩니다.

-진 파천악심공의 효과로 수성격의 사정거리가 40퍼센트 증가

합니다.

　-진 파천악심공의 효과로 수성격 사용시 M/P 소모가 40퍼센트 감소합니다.

　-진 파천악심공의 효과로 수성격의 쿨타임이 40퍼센트 감소합니다.

　성벽이 보랏빛으로 물들기 시작했다. 파성격과는 반대였다. 파성격이 흑색 운무 속에, 자색 번개가 치는 모양새였다면 수성격은 자색 운무 속에 흑색 번개가 치는 모양새였다.

　성벽 전체에 보랏빛 기운이 감돌았다. 성벽 둘레는 약 20㎞에 달한다. 그 성벽 전체가 보랏빛으로 변했고, 강무환이 정지 명령을 내렸다.

　"정지!"

　저 수상한 기류. 또 뭔가 있다.

　'20만이라면……. 그냥 쳐들어가도 된다.'

　상식적으로는 그렇다. 다만, 절대악이 상식을 워낙 벗어나는 존재라는 게 문제일 뿐.

　'저건…… 또 뭐지?'

　전에 봤던 말도 안 되는 사기 스킬과 비슷한 형태인 것 같은데. 가까이 다가가도 아무런 반응이 없었다.

　'허장성세인가?'

　지금 허세를 부려서 뭐가 남지? 잠자코 생각해 봤는데 허장성세는 아닌 것 같다. 뭐가 있기는 있다. 뭔지 모를 뿐. 1번 성좌 강무석이 나섰다.

"제가 확인해 보겠습니다."

강무환은 고개를 끄덕였다. 강무석이 홍염의 검투사답게, 검에서 불꽃 같은 마나를 피워올리며 성벽에 먼저 달려들었다. 성벽 위에서는 흔한 원거리 공격도 없었다.

'20만 대군 앞에서 네가 뭘 할 수 있겠느냐!'

그래도 혹시 몰라 온갖 방어마법을 겹겹이 두르고 왔다. 그는 카메라를 다분히 의식하며 성벽을 향해 검을 휘둘렀다.

"타오르라! 불꽃의 검이여!"

그의 검에서 불꽃이 일었고, 그 불꽃은 하나의 불폭풍이 되어 성벽을 강타했다. 마치 작은 허리케인 같았다. 과연 히든 클래스. 1번 성좌 홍염의 검투사다웠다.

그의 스킬 이펙트는 일반 플레이어들이 보기에 충분히 화려했고, 또 강력해 보였다. 그러나 거기까지였다.

한주혁에게 알림이 들려왔다.

—수성격이 공격을 감지합니다.
—수성격을 깨뜨릴 수 없는 수준의 공격입니다.
—미약한 공격입니다.

수성격은 기본적으로 '되로 주고 말로 받는' 스킬을 표방하고 있다.

　－불꽃 속성을 확인합니다.
　－1번의 공격을 확인합니다.

　한주혁은 씨익 웃었다. 처음에 수성격을 사용했을 때에는
이렇게까지 자세한 정보는 없었다. 하지만 이제 수성격이 아
니라 초 수성격이다. 진화한 스킬만큼 수많은 정보가 머릿속
으로 들어왔다. 그리고 그 많은 정보를 담아낼, 지능이 그에
게 있었다.

　수천, 수만 명이 한꺼번에 공격해도 그 모든 공격을 기억해
내고 수성격을 운용할 수 있을 정도의 지능이. 만약 알림이 지
나치게 거슬린다면 끄면 그만이다.

　－수성격이 7번의 공격으로 화답합니다.
　－데미지 가산율 +40퍼센트.
　－크리티컬샷 확률 +10퍼센트.

　보랏빛 성채가 보라색 창을 쏘아냈다. 정확하게. 강무석
을 향해서. 강무석이 황급히 방어 스킬을 펼치며 창들을 막
아냈다.
　보랏빛 창의 개수는 7개.

'홍염의 가호!'

3개의 창을 쳐냈다. 그러나 4개의 창은 막지 못했다.

"컥……!"

방어마법 12개가 깨졌다. JTBN 접속자들은 저 스킬이 무엇인가에 대해 열띤 토론을 벌였다.

—저거, 아무래도 공격받으면 반격하는 형태의 방어전용 스킬인 거 같음.

—근데 내구도 한계가 있지 않겠음? 20만이 한꺼번에 때리면 못 버틸 거 같은데.

—분명히 스킬이고…… 스킬이면 M/P 소모가 있을 수밖에 없음. 따라서 20만이 한꺼번에 공격하면 M/P가 딸려서라도 저 방어형 스킬을 유지 못 할 것임.

그리고 그러한 생각은 강무환도 할 수 있었다.

'놈이 인간인 이상.'

아무리 상식을 파괴하는 미친놈이라고는 해도.

'20만의 공격을 전부 되받아칠 수는 없다.'

만약 정말로 그게 가능하다면 신성은 절대악에게 패배를 인정해야 할지도 모른다. 신성의 세상이 아니라, 절대악의 세상이 될 거다. 그게 가능하다면.

강무환이 공격명령을 내렸다.

"3명의 원딜 옆에 1명의 방패병이 붙는다."

저 스킬은 공격하면 이쪽을 다시 공격하는 형태. 형태는 한 가지인 것 같다. 창을 쏘아낸다. 저것만 막아내면 괜찮을 터. 이래서 파티가 중요한 거고 팀워크가 중요한 거다. 공격은 공격 클래스가. 방어는 방어 클래스가. 보조는 보조 클래스가. 그 기본 중의 기본에 충실하기로 했다.

'M/P가 소진될 때까지 공격을 퍼붓는다.'

그의 생각은 지극히 상식적이고 합리적인 생각이었다. 강무환이 명령을 내렸다. 속전속결이다.

"총공세를 시작한다."

그는 이걸로도 충분하다고 생각했다. 그러나, 이걸로 안 된다면 최후의 수단으로 '그것'까지도 가져왔다. 그걸 사용할 일은 없을 거다. 라고 생각하면서 상황을 지켜봤다.

각종 이펙트가 난무했다.

신진 연합군의 원거리 딜러들이 각자가 자랑하는 스킬들을 성벽을 향해 퍼부었다. 세상에 존재하는 모든 스킬을 한꺼번에 쏟아붓는 것 같은 모양새. 기세만 놓고 본다면, 지금 당장에라도 데르앙의 성벽이 무너질 것 같았다. 또 수많은 사람이 그렇게 예상했다. 절대악 열풍은 이렇게 꺼질 거라고.

그런데 상황은 수많은 사람의 예상과 너무나 다르게 흘러갔다.

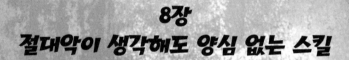

8장
절대악이 생각해도 양심 없는 스킬

　소소하게 불타오르고 있는 절대악 열풍을 꺼트릴 20만의 병력. 그들 중에서도 계급이 나눠져 있게 마련이다.

　"제기랄. 우린 그냥 총알받이 해야 하는 거지?"

　"월급쟁이가 까라면 까야지, 별수 있냐?"

　"먼저 달려들면 무조건 죽는 건데. 수익 보전은 해주나?"

　"정규직 애들은 해준다더라."

　비정규직 혹은 하청 플레이어들은 그런 대접은 꿈도 못 꾼다. 아니, 애초에 정규직 플레이어들이나 신성 연합 소속의 특별한 놈들은 지금 이 순간에도 어디선가에서 돈을 벌고 있을 거다. 이 전쟁에 동원된 20만의 병력은, '지금 당장 가용 가능한' 병력. 다시 말해 다른 일을 하고 있는데 빼 와서 소진할 수 있는 병력이라는 소리다.

"따지고 보면 절대악이 진짜 절대악인지 모르겠단 말이야."

그들은 대부분이 소시민이며 운 나쁘게 동원되었을 뿐이다. 운 좋은 다른 소시민들은 어디선가에서 내일을 위해 오늘 돈을 벌고 있을 것이었다.

"대충 치자. 나도 오늘 내일은 그냥 휴가라고 생각하고 있으니까."

그들 스스로도 절대악의 성벽을 무너뜨릴 수 있을 거라고 생각하지는 않았다. 그들은 자신들의 역할을 너무나 잘 알았다. 절대악의 저 특수한 스킬을 무너뜨리는 데 사용될 총알받이. 절대악의 M/P를 깎는 역할일 뿐이다. 그럼에도 불구하고 그들은 진격했다.

JTBN에서는 그러한 부분을 다뤘다. 이 역시 다른 언론에서는 다루지 않는 부분이었다.

–어찌 보면 당연한 말일지도 모르겠습니다만, 랭킹 1위부터 5위까지의 엘리트 전력들. 또한 그를 보좌하는 직급 높은 플레이어들은 뒤에서 지시만 할 뿐. 실제로 움직이고 있지는 않습니다. 안전하다 판단되는 두꺼운 방어벽 안에서 진두지휘하고 있습니다. 지금 진격하고 있는 대부분의 플레이어들은 하청 연합에서 강제로 소집된 플레이어들이거나 인턴 플레이어들일 것으로 예상됩니다.

어찌 보면 당연한 거다. 보스들은 나중에 움직이는 게 맞긴 맞다. 그러나 이 현실이 씁쓸하지 않은 것도 아니었다.

그 씁쓸한 결과는 화면에 즉각적으로 드러났다. 성벽을 에워싸고 공격을 퍼부었을 때, 온갖 화려한 이펙트가 쏟아져 나왔었다. 그런데 그 화려한 이펙트는 절대악이 펼친 '초 수성격'에 의해 모조리 삼켜졌다.

　－공격을 확인합니다.
　－공격을 확인합니다.
　－공격을 확인합니다.
　－공격을 확인합니다.

한주혁이 일반적인 지능을 가지고 있었다면 쏟아지는 엄청난 정보량에 의식을 잃었을지도 모를 일이다.

'신기하네.'

어디서 누가 어떤 공격을 하는지. 다 알 수 있었다. 지금 최소 수천 명 이상의 딜러들이 한꺼번에 공격을 퍼붓고 있는데도 불구하고 말이다.

보랏빛 성채에서 검은색 투창들이 쏟아져 나왔다. 수천 개의 공격이 한꺼번에 날아들었다면, 이제는 수만 개의 공격이 바깥을 향해 쏟아져 내렸다.

"방패병!"

"막아!"

"어떻게든 막앗!"

그러나 어떻게든 막는다고 막을 수 있는 성질의 것이 아니었다.

―동일 시간 공격을 확인합니다.
―동일 시간 공격에 대한 중첩효과가 발생합니다.

수천 명이 한꺼번에 자신이 할 수 있는 모든 스킬을 쏟아부었고, 그 수천 명 중 또 수십 명 정도는 거의 동일한 시간에 공격을 했다. 그 모든 스킬이 성벽에 닿는 그 순간 '초 수성격'은 그 스킬을 하나의 공격으로 인식했으며 그 모든 스킬들을 통합하여 데미지를 계산했다.

그러한 작업이 이루어짐과 동시에.

―수성격이 하나의 공격을 17번의 공격으로 화답합니다.
―데미지 가산율 +400퍼센트.
―크리티컬샷 확률 +100퍼센트.

미친 스킬의 미친 알림이었다. 쉽게 풀자면 1개의 공격을 17번의 공격으로 보답(?)하는 것이고, 1의 공격을 5의 공격으로 되받아친다는 거다. 크리티컬샷 100퍼센트로.

1개의 공격을 17번의 공격으로 받아치는데, 그 1개의 공격이 수십 개의 중첩된 스킬이라는 것.

　공격력 1을 가진 플레이어 10명이 동시에 공격해서, 초 수성격이 10의 데미지를 입었다 가정하면 수성격은 그걸 50짜리 공격 17번으로 되돌려 준다는 소리였다. 50짜리 공격이긴 50짜리 공격인데 급소에나 맞아야 터지는 크리티컬샷 100퍼센트로.

　"크아악!"

　"크악!"

　"으아악!"

　한주혁에게 또다시 알림이 미친 듯이 울리기 시작했다.

　―플레이어를 사살하였습니다.

　―플레이어를 사살하였습니다.

　―플레이어를 사살하였습니다.

　―플레이어를 사살하였습니다.

　한주혁은 플레이어 사살 알림을 껐다. 한 번에 수백, 수천 명씩 죽어 나가는데 그 알림을 일일이 듣고 있고 싶지 않았다.

　―절대악 포인트를 1개 획득합니다.

　―절대악 포인트를 1개 획득합니다.

　―아서 님이 적을 학살하고 있는 중입니다!

―아서 님이 미쳐 날뛰고 있는 중입니다!

여지껏 듣지 못했던 알림도 있었다.

―죽음의 춤사위가 벌어집니다!
―수많은 적을 도륙하고 있습니다!

거기에 더해.

―추가 보상으로 절대악 포인트 10개를 획득합니다!
―축하합니다!
―절대악 포인트가 30개에 도달하였습니다!
―절대악 포인트 사용 범위가 확장됩니다!
―절대악 포인트 사용 범위를 확인할 수 있습니다!

알림이 수도 없이 들려왔다. JTBN 시청자들은 그 말도 안
되는 광경을 실시간으로 시청했다. 저번에는 100만 명을 돌파
했는데 이제는 200만 명에 근접하고 있다.

―저거…… 뭐임?
―모르겠음.
―그냥 악느님은 미쳤음.

온갖 화려한 스킬 이펙트만큼이나 화려한 보라색 투창들이. 소용돌이치는 검은 기운을 머금은 보라색 장대비가 공간을 가득 메웠다.

−방패고 뭐고 한 번을 못 막네?
−열심히 막는다고 막긴 하는데…….

그 장대비는 하나하나가 강력한 힘을 내포하고 있었고 그것을 막아내는 플레이어들은 단 한 명도 없었다.

−대박이다.
−절대악이 그냥 질 거라고는 생각 안 했는데……. 한 번 공격으로 3천 명은 증발한 거 같은데?
−어? 두 번째 공격 이어진다.

그 두 번째 공격은 더욱 참담했다. 또다시 3천 명의 병력을 잃었다. 당연히, 데르앙의 성벽에는 흠집조차 나지 않았다.
순식간에 6천이 넘는 검은 잿더미가 생겼다.

−이건 뭐……. 말이 안 나온다.
−사실은 공격 특화가 아니라 방어 특화 아님?

일부 사람들은 과거를 떠올렸다.

 -절대악이 처음 모습을 드러냈을 때……. 방어 특화 마법사가
아니냐는 설이 제일 유력했었음. 근데 시간이 지날수록 공격력이
너무 세서 그런 주장이 쏙 들어갔었음.

 그런데 지금 보니 방어 특화가 맞긴 맞는 거 같다. 200년의
상식을 깨뜨리는 기염을 토하면서 엄청난 능력을 보인 건 사
실이지만 사실은 그보다 방어에 더욱 특화되어 있는 것처럼
보였다.
 벌써 6천 명이 넘게 사망했다.

 -망루에 서 있는데……. 전혀 안 힘들어 보이는데?
 -재미있는 건 절대악 아직 M/P포션 한 번도 안 먹었다는 거임.
어떻게 저럴 수가 있지?
 -인간인 이상 M/P는 떨어져야 정상인데.

 원래는 그랬다. 아무리 강력한 스킬과 한 방을 보유한 클래
스라도 약점은 있게 마련이다. 또 지나치게 강한 능력은, 굉
장히 많은 M/P를 소모한다. 그런데 절대악은 전혀 안 그래 보
였다.

-상식적으로 M/P가 무한이라는 건 말도 안 되고.

-절대악이면 무한일 수도 있는 거 아님?

-그게 말이 됨? 아무리 절대악이라도 그건 불가능함.

수많은 사람이 자신의 의견을 쏟아냈다. 그리고 그와 마찬가지로 강무환의 머리도 복잡해졌다.

'어떻게……'

저렇게까지 전혀 지치지 않을 수가 있는 거지?

'일부러 우리에게 모습을 보여주고 있다.'

M/P포션을 단 한 번도 마시지 않았다. 6천 명이 죽었는데 말이다. 전부터 느낀 거지만 뭐 저딴 놈이 있나 싶다. 하지만 강무환은 여기서 포기할 수 없었다. 20만 중에 겨우 6천 명이 죽었을 뿐. 이 중 19만 명은 어차피 소모품이다.

귀족도 아닌, 귀족에게 고용된 일개 서민들일 뿐. 19만 명을 소모시키더라도 데르앙을 탈환하든지. 아니면 비자금 등과 관련된 서류를 쟁취하든지. 둘 중의 하나는 해야 했다.

"공격."

그는 공격을 멈추지 않았다.

'언젠가는 지칠 것이다.'

그렇게 시간이 흘렀는데 절대악은 지치지 않았다. 12,000명이 죽었다. 전투는 잠시 소강상태에 접어들었다.

엘진의 이사. 한국 랭킹 5위의 파란마음이 강무환 옆에 서서 조심스레 말했다.

"강 연합장님, 아무래도…… 통상 공격으로는 소용이 없어 보입니다. M/P포션을 단 한 차례도 마시지 않았습니다. 아무리 M/P가 많다고 해도. 일반적으로는 불가능한 얘기지요."

"……."

"분석팀에서 올라온 분석입니다."

강무환이 그걸 살펴봤다.

'동일시간에 들어간 데미지에 따라…… 공격의 양이 바뀐다, 라.'

슈퍼컴퓨터를 돌려서 얻어낸 결과값. 아마도 저 보라색 성채는 '동시 공격'을 하나의 공격으로 간주하여 몇 배로 돌려주는 역할을 하는 성채다. 특별한 스킬.

"이곳을 보시면……."

가능성이 매우 높은 얘기가 있었다. 아마도, 저 성채는 플레이어들의 M/P를 흡수하고 있는 것 같았다.

"데미지에 따라 M/P를 흡수하는 특수 옵션이 붙어 있는 것 같습니다."

그런 아이템들도 많이 있다. H/P를 채워주는 아이템을 '피흡템'이라고 부르고, M/P를 채워주는 아이템을 '엠흡템'이라고 부른다. 그것 말고는 지금 설명이 안 된다. 다시 말해, 저 걸 깨뜨릴 수 없는 약한 공격들 가지고는 무한에 가까운 M/P를 운용할 수 있다는 얘기였다.

강무환 역시 그렇게 생각은 했다. 파란마음 이사가 계속 애기했다.

"아마도 저 괴물 같은 스킬을 한꺼번에 부술 수 있는, 단일공격을 사용하거나."

그건 랭킹 1위에서 5위까지가 한꺼번에 작심하여 스킬을 사용하면 될 것 같다. 절대악이 아무리 강해도 1위부터 5위까지의 중첩스킬을 어떻게 막아내겠는가. 적어도 그들은 그렇게 생각했다.

강무환이 말했다.

"아니면 저놈의 스킬이 풀릴 때까지 기다려야겠지."

스킬인 이상, 지속시간이 있을 거고. 지속시간이 끝나면 쿨타임이 있을 거다. 속전속결을 위해 지금 당장 공격을 하느냐. 아니면 조금 기다려서 저 스킬이 끝날 때까지 기다리느냐. 그는 결정을 내려야 했다. 어중이떠중이들의 저런 허접 스킬들은 오히려 절대악의 M/P를 채워주는 역할이나 하고 있을 것이었다.

'역시 천민들은 어쩔 수 없나.'

이래서 천민들이 천민들인 거다. 데리고 뭘 하려고 해도 하지를 못한다. 그냥 날벌레들처럼 날아가서 윙윙대다 죽는 하루살이 인생들.

파란마음 이사가 물었다.

"어떻게 할까요?"

"우린 조금 기다린다."

속전속결도 좋지만, 그렇다고 지나치게 큰 위험을 감수하고 덤벼들 필요도 없다. 만에 하나. 저 스킬이 또 어마어마한 능력을 발휘하여 랭킹 1위부터 5위까지에게 치명타를 입히거나 죽인다면?

그럼 답이 없어진다. 물론 그럴 거라고 생각은 하지 않지만 조금 더 보수적으로 생각하고 움직이기로 했다.

천민들은 죽어도 되는 가벼운 목숨들. 따라서 천민들은 나가서 죽어도 된다. 하지만 자신들 같은 귀족들은 죽으면 안 되지 않는가. 저 천민들을 이끌 귀족이 사라진다면, 천민들은 아무것도 못 하는 개돼지로 전락하고 말 것이다.

전투는 잠시 소강상태에 접어들었다. 한주혁도 저들의 생각을 눈치챘다.

'아. 조금 기다려 보시겠다?'

수성격이 끝날 때까지 기다리고 있는 것 같다. 이쯤이면 수성격의 특성도 파악했을 거다.

'M/P도 만땅이고.'

그들의 예상이 맞았다. 데미지를 M/P로 환산하여 흡수하는 특수옵션이 수성격에 붙어 있다. 그야말로 '성을 지키는 것'에 있어서만큼은 어마어마한 능력을 발휘한다는 소리였다.

최근에 새로이 깨달은 사실. 절대악은 공성전 특화 클래스인 거 같다. 모든 클래스에 특화되었다고 말한다면 또 할 말 없지만. 그 모든 클래스 중에서도 공성전에 더욱 특화되어 있는 것 같은 기분이 든다.

'너희가 안 오면 내가 가야지.'

저들의 생각대로 수성격은 무한히 연장되는 스킬은 아니다. 다만 진 파천악심공의 효과로 인하여 수성격이 '초 수성격'으로 전환되었고 쿨타임이 40퍼센트나 줄어들었다는 것. 그래서 쿨타임이 10분밖에 안 된다. 지금 이미 한 8분쯤 되었으니까 2분만 있으면 또 다른 수성격까지 사용할 수 있다.

'2분?'

2분이면 충분했다. JTBN 접속자들은 발견했다.

─어? 절대악이 성에서 벗어남.

─성에서 왜 내려가지?

성에 있을 때에는 성벽의 보호를 받는다. 아무리 공격해도 데미지가 들어오지 않는다. 무조건적으로 유리하다는 뜻이다. 그런데 그 유리함을 포기하고 성에서 내려갔다. 그것도 혼자서. 왜 저러나 싶다.

다만, 사람들의 반응은 이전과는 약간 달랐다.

─절대악이잖아. 절대악 모름? 악느님이심.

―절대악이니까 또 뭔가 하겠지.

전에는 그냥 '미친놈. 왜 저러지?'였다면 이제는 '저 미친놈이 뭘 할 거지?' 정도로 바뀌었다. JTBN 접속자가 200만 명을 넘어서면서, 소식을 들은 해외 유수 언론들도 데르앙에 몰려들기 시작했다.

200년간 단 한 번도 역사에 기록되지 않았던, 아니, 기록조차 할 수 없었던 말도 안 되는 싸움. 20만 명과 1명의 싸움을 대대적으로 보도하기 위해서. 세계적인 특종감이었다.

그렇게 수많은 사람의 이목이 집중되는 가운데 절대악이 땅으로 내려왔다. 곧바로 수십만의 병력을 향해 내달리기 시작했다.

―저, 절대악의 몸에서 무슨 반짝임 있었음.
―방금 봤음? 뭐였지?

너무 빨라서 제대로 보지 못했다. 하지만 한 가지는 확실했다. 절대악에게서 지금 뭔가 변화가 있었다.

―아, 근데 설마 진짜로 쟤네랑 전면전을 하려는 건 아니겠지?
―분명 스턴 효과든 뭐든 걸 텐데. 제대로 걸리면 절대악도 못 빠져나오는 거 아님?

-랭킹 3위. 대마도사 라미안도 있잖아. 절대악이 그걸 모르는 건 아닐 텐데.

그와 동시에, 한주혁에게 알림이 들려왔다.

-절대악 포인트 사용 범위를 확인할 수 있습니다!

그래서 한주혁은 바로 사용 범위를 확인했다. 절대악 포인트를 모으면 모을수록 그 활용 범위가 넓어지는 것 같았다.

-절대악 포인트 5개를 소모하여, 일시적으로 비활성 절대악 전용 스킬을 활성화시킬 수 있습니다.
-소모된 절대악 포인트는 복구되지 않습니다.

한주혁은 절대악 포인트를 사용하기로 했다. 올림푸스는 기본적으로 게임이다. 게임이라면 당연히 즐겨야 하는 거 아니겠는가. 절대악이라는, 세계를 제패하라는 얼토당토않은 퀘스트이긴 했지만 나름대로 가능할 것 같은 기분도 들고. 이왕에 하는 거 열심히 해야지. 신귀족인지 나발인지 하는 잡놈들도 처리하고.

'절대악 포인트 사용.'

절대악 포인트를 사용하여.

─절대악 포인트를 사용합니다.

─스킬. 아수라 파천무를 활성화합니다.

─다시 한번 확인합니다.

─스킬. 아수라 파천무를 활성화하시겠습니까?

한주혁이 레벨 99가 되었을 때 익혔던 스킬이 있다. 광역기 아수라 파천무.

한주혁이 아는 한, 그가 익힐 수 있는 최강의 광역 스킬이다. 레벨 99 때 이걸 처음 익혔었는데 스승이 이렇게 말했었다.

"이제야 네가 쓸 만해졌구나. 널 가르친 보람이 있다."

파천심공을 배웠을 때도. 백참격을 배웠을 때도. 심안이나 악신 강림 등을 익혔을 때에도. 스승새끼는 언제나 한주혁을 욕했었다. 등신 같은 놈. 겨우 그것밖에 하지 못하냐고 말이다. 그러나 아수라 파천무는 조금 달랐다. 스승마저도 인정한, 절대악 고유의 최강 광역 스킬.

한주혁이 씨익 웃었다.

'그때보다 스탯도 훨씬 높고.'

그때는 그냥 레벨 99였다. 스탯포인트가 99. 그런데 지금은 140에 육박한다. 그때는 그냥 파천심공이었다. 지금은 진 파천악심공이다.

'설마 렙제 99짜리 광역 스킬도 강화되나?'

모르겠다. 흥분되기까지 했다. 절대악 포인트를 소모하여 레벨 99때나 사용할 수 있는 스킬을 쓸 수 있다니. 일단 달렸다. 그리고 스킬을 사용했다. 그에게 주어진 시간은 2분.

'아수라 파천무.'

아수라 파천무는 사용하는 데 시간이 조금 걸린다. 일단 파천심공이 그 기운을 증폭하여야 한다. 파천심공을 사용할 때에는 준비 시간이 1분 가까이 걸렸다. 하지만 진 파천악심공은 그보다 두 단계나 성장한 심법. 준비 시간이 20초가 채 걸리지 않았다.

－스킬. 아수라 파천무를 사용합니다.

"혼나면 어떡하지?"

소연합장 로안인가 뭔가 때문에 조금 늦었다. 사실 이름도 잘 기억 안 난다. 이름도, 얼굴도 기억 안 나지만 언데드 상태 창을 보니 열심히 팔굽혀펴기를 하고 있는 모양이다. H/P가 절반 정도 줄었는데, 몬스터한테 뜯어 먹히고 있거나 할 것 같다.

"아저씨 화내면 무서운데."

무섭지만 또 섹시하다. 자기를 혼내는 남자, 처음 봤다. 그렇다고 일부러 잘못을 저지를 생각은 없었다.

"꼬꼬야, 빨리 가줘. 블루 스톤 줄게."

블루 스톤을 받아먹은 꼬꼬는 열심히 날았다. 데르앙으로 향했다. 하늘 위에서 상황이 내려다보였다.

"응? 아저씨가 왜 내려와 있지?"

성벽 위에 있는다고 했다. 혹시 모르니까 데르앙 성벽 안으로 들어와서 대기를 하라고 했었는데. 귓말을 보내려고 했다. 아저씨, 저 어떡해요? 같이 싸워요? 아니면 성벽에서 기다려요? 하고 물어보려고 했는데, 그녀는 귓말을 하지 못했다.

"세, 세상에……."

한주혁의 몸에서 검붉은 기운이 폭사되듯 터져 나왔다. 그것은 거대한 기둥이 되어 하늘로 솟구쳤다. 마치 엄청나게 커다란 기둥이 하늘을 향해 세워진 것 같았다. 그 기둥이 옅어지면서 하늘이 검붉은색으로 물들었다.

"이, 이게 뭐야?"

아저씨가 뭔가 스킬을 사용한 거 같은데 화면이 바뀌었다. 올림푸스의 자연에 영향을 끼칠 수 있는 스킬이라니.

그녀는 컨트롤 능력이 다른 사람들에 비해 매우 떨어지고 올림푸스에 대한 상식이 일반적인 사람들보다 떨어지지만 그래도 이건 확실히 안다. 이런 스킬은 없다. 하다못해 올림푸

스가 허락하지 않은 자연물은 파괴하지도 못한다. 시스템의
제약을 받으니까.

'하늘이 붉게 물들었어.'

저녁노을처럼 낭만적인 붉음은 아니었다. 하늘이 마치 피
에 물든 것 같았다. 더 정확히 말하자면 피에 물든 밤하늘 같
은 느낌. 하늘만 그렇게 변한 게 아니었다. 공간이 검붉은색
으로 변했다. 검붉은 안개 속에 들어온 것처럼 말이다.

"꼬꼬야, 이거 아저씨가 한 거 맞지?"

어차피 꼬꼬의 대답을 바란 건 아니었다. 천세송은 침을 꼴
깍 삼켰다. 뭔지 모르겠는데 아저씨가 그냥 멋있었다. 그녀는
내려가는 것도 잊고 하늘에서 상황을 지켜봤다.

그녀와 마찬가지로 세계의 수많은 사람이, 적어도 200만 명
이상의 사람들이 이 상황을 JTBN 채널을 통해서 봤다.

-이런 스킬 본 적 있음?

-처음 봄. 자연환경에 영향을 미치는 스킬이라니.

-자연환경에 영향을 미쳤다기보다는…… 범위가 그냥 여기 전
체인 거 같은데. 우리가 육안으로 확인할 수 있는 전체 범위가 스
킬 이펙트에 포함된 거 같음.

절대악 저 미친놈이 도대체 또 무슨 짓을 할까. 두고 봤
더니.

-미쳤다.

　-또 대학살전인가.

　-잠깐만 형들. 나 팬티 좀 갈아입고 올게. 지렸어.

　-난 이미 기저귀 찼음.

　절대악의 몸은 화면에 제대로 잡히지도 않았다. 너무 빨랐다. JTBN의 손석기는 황급히 '초고속 촬영 기법' 스킬을 사용했다. 이 스킬을 사용하지 않으면 절대악의 움직임을 담기조차 힘들었으니까.

　-스킬. 초고속 촬영 기법을 사용합니다.

　-스킬. 피사체 타깃팅을 사용합니다.

　육안으로는 따라잡을 수가 없었다. 그는 히든 클래스 언론인답게 언론인의 고유 스킬을 사용하여 절대악을 어떻게든 화면에 담아보려 애썼다.

　'이럴 수가……'

　언론인 클래스로 사방팔방 돌아다니며 수많은 클래스의 플레이어들을 만나본 손석기다. 그도 이런 광경은 처음 본다.

　'내가 잘못 보고 있나?'

　그건 아닌 거 같다. '피사체 타깃팅'과 '초고속 촬영기법'은 절대악의 모습 일부를 담아내는 데 성공했다. 절대악이 주먹

216　랜덤
플레이어　4

을 뻗었다. 한 플레이어의 가슴에 그 주먹이 닿았는데, 그 주먹에는 관통 효과가 있는 것 같았다. 그 플레이어 뒤로, 일직선으로 늘어서 있던 약 500명의 플레이어가 검은 잿더미로 변했다.

중간중간, 절대악이 어떠한 시동어 비슷한 무언가를 말하는 것처럼 보였는데 그럴 때마다 검붉은 폭발이 있었다. 폭발이 있을 때마다 반경 30미터의 공간이 초토화됐다. 그 안에서 살아남은 플레이어는 단 한 명도 없었다.

-이건 진짜 CG 아님?
-있을 수 없는 일임. 이건 절대악이라도. 이건 진짜 말도 안 됨.

JTBN은 올림푸스에서 올림푸스 매니아로 영상을 직접 전송하는 방식을 사용한다. 당연히 조작은 불가능하다. 올림푸스와 올림푸스 매니아를 운영하는 주체가 제우스이기 때문이다. 그런데 이건 믿기 힘들었다.

-쟤는 왜 갑자기 죽어?
-그냥 저 공간 자체가 하나의 스킬 같은데? H/P 쭉쭉 빨린다.

황급히 H/P 포션을 빨아 먹고 힐러들이 힐을 사용하고 성직자들이 어떻게든 공간을 정화하려 애써보지만 이 붉은 공간은 사라지지 않았다. 절대악의 주먹에 닿는 순간 수백 개의 잿더미가 생겨나고, 중간중간 폭발에 의해 또다시 수백 명이 잿더미가 되고, 가만히 있어도 H/P가 실시간으로 떨어져 내렸다.

한주혁은 조금이라도 더 빨리 방어가 두꺼운 저쪽. 아수라 파천무의 권역에서 조금 벗어나 있는 저쪽. 다시 말해 랭커들과 임원급들이 있는 쪽으로 가고 싶었다. 그러기 위해 길을 뚫는 중이고.

'그냥 회사원들이 무슨 죄야?'

신성이나 엘진 소속 연합원들은 나름대로 엘리트들이다. 아카데미를 우수한 성적으로 졸업했고 본인이 노력해서 대연합에 들어갔다. 그렇게 열심히 들어간 대연합이 시키면 해야지 별수 있겠는가.

그에 반해 랭커란 놈들은 이들을 총알받이로 내세운 뒤. 방어마법들 뒤에 숨어 있다.

'자기들은 겹겹 방어막에 둘러싸여서 내 체력 빼기나 기다리고 있고.'

빨리 저놈들을 치고 싶은데 그러려면, 안타깝게도 자신의 목숨을 담보로 하고 있는 이 인간방어막들을 좀 더 뚫어야 했다.

'확실히…… 이런 광역기가 있어야 돼.'

역시 궁극기는 궁극기였다. 조금 아까운 건 있다. 궁극기라서 그런지는 몰라도, 업그레이드 진행이 안 됐다. 어쩌면 '진 파천악심공'의 능력이 '아수라 파천무'를 업그레이드시키는 것에는 부족할지도 모른다.

'진 파천악심공을 또 업글하면⋯⋯.'

그러면 어쩌면 이 궁극기마저도 강화가 되지 않을까?

─레벨이 올랐습니다.

아수라 파천무는 거대한 스킬 안에 여러 개의 스킬이 녹아 들어 있는 형태의 궁극기.

'폭.'

그 안에 연계된 스킬들이 연쇄반응을 일으켜 적을 학살하는 스킬이다. 폭발이 일었다.

'타.'

한주혁의 주먹에 또다시 수백 명이 잿더미가 됐다. 이제는 숫자를 세기도 힘들다.

'길 좀 열자, 애들아.'

연합원들은 연합원들의 사정이 있겠지. 이쪽도 이쪽의 사정이 있다. 저들이 인간방패를 자처한다면 이쪽도 공격하는 수밖에.

그 공격의 결과는 엄청났다. 터지면 터지는 대로. 때리면 때리는 대로. 지금쯤 JTBN을 보고 있는 수많은 사람이 아마 이건 사기다, 이건 현실이 아니다라며 현실부정을 하고 있을 지도 모른다. 재미있는 건 한주혁 자신도 그렇게 생각한다.

'와. 이건 진짜 개사기네.'

궁극기도 궁극기인데 진짜 사기스킬은 아무래도 '수성격'이 틀림없었다. 누군가가 한주혁에게 달려들었다.

"죽어랏!"

뭔가 공격을 하기는 했다. 하기도 전에 짙어진 '아수라 파천무'의 권역 안에서 H/P가 쭉쭉 빨려 사망했지만. 한주혁 주변으로 가까이 가면 갈수록 아수라 파천무가 뿜어내는 기운의 농도는 짙어지고 일반 플레이어들은 그 기운을 버틸 수조차 없었다.

공격을 한 게 중요한 건 아니었다.

―초 수성격이 공격을 인식합니다.
―상위호환의 스킬을 인식합니다.
―초 수성격의 직접 공격 기능이 일시적으로 정지되었습니다.

수성격도 사기였는데, 초 수성격은 정말 사기였다. 한주혁 본인이 생각해도 그랬다. 이건 정말 밸런스 붕괴 스킬이 틀림없었다.

―초 수성격이 시전자의 몸에 작용합니다.

–데미지를 환산하여 M/P를 회복합니다.

아수라 파천무가 펼쳐지고 있는 이 모든 공간이 바로, 초 수성격의 권역이며, 이 안에서 이루어지는 모든 공격이 한주혁을 향한 적대공격으로 인식되었다. 초 수성격이 마나로 이루어진 투창을 쏘아내는 대신, 한주혁 본인이 공격한 모든 데미지가 환산되어 M/P를 회복시켜 줬다.

다시 말해, 초 수성격을 운용한 상태로는 아수라 파천무를 사용해 봐야 M/P 소모가 얼마 안 된다는 소리다.

'원래 이거 쓰고 나면 탈진해야 정상인데.'

그런데 초 수성격의 영향으로 M/P를 하도 빨아대서 그다지 지치질 않았다.

'진짜 개사기다. 이건 진짜 양심도 없는 스킬이다.'

초 수성격과 아수라 파천무의 조합은, 어쩌면 제우스가 직접 나서서 중지시켜야 할 수도 있는 밸런스 붕괴 스킬이다. 한주혁조차도 그렇게 생각했다.

하지만 여기서 끝이 아니었다.

'어디 보자.'

대충 1분쯤 된 거 같은데.

'됐다.'

폭도 좋고 타도 좋다. 보법을 활용할 수 있으면 효과가 극대화되겠지만 아직 자신은 64짜리 쪼렙 아닌가. 쪼렙 주제에 궁극기를 쓸 수 있으면 됐지.

그렇게 생각한 한주혁은 드디어 준비가 완전히 끝난 또 다른 시동어를 사용했다.

'멸.'

이거면 저쪽까지의 길을 한꺼번에 뚫어낼 수 있을 거다. 운 좋으면 랭커란 놈들 몇 정도는 죽일 수도 있을 거다.

한주혁이 '멸'을 사용함에 따라 히든 클래스 '언론인'의 손석기는 좀 당황했다.

"어? 이게 왜 이래?"

영상 기록 장치가 갑자기 먹통이 됐다. 엄청난 노이즈가 꼈다. 촬영 자체가 불가능할 정도.

―연합장님, 영상 기록 스톤이 작동하지 않습니다.

―카메라 아이템 역시 작동하지 않습니다.

―아무래도 촬영 자체가 불가능한 것 같습니다.

그래서 눈으로 볼 수밖에 없었다. 손석기도 할 수 없이 눈으로 상황을 지켜봤다.

도저히 믿을 수 없는 일이 벌어져 있었다.

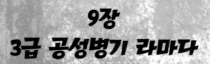

9장
3급 공성병기 라마다

한국에는 대표적인 공중파 3사가 있다.

TV를 시청하는 대부분의 사람들에게 가장 익숙한 채널. 오래전부터 많은 사람이 봐왔고 지금도 굉장히 많은 사람이 이용하고 있는 채널이다. 근래에 들어서야 케이블 채널들이 치고 올라오고 있다지만 그래도 역시 공중파는 공중파다. 케이블보다는 공중파를 즐겨보는 사람들이 압도적으로 많고, 따라서 한국 3사는 문화, 예술, 여론 등과 같은 사회 전반적인 모든 영역에 매우 커다란 영향을 끼친다.

－절대악이 신성 연합의 플레이어들을 학살하고 있습니다.

공중파에서는 절대악을 학살자로 표현했다. 힘을 가지게

되어 어쩔 줄 모르고 날뛰는 망나니. 강력한 미친놈. 그 정도
가 공중파에서 절대악을 보는 관점이었다.

　─저들은 우리 누군가의 가족이며 국민 중 한 사람입니다. 어느
한 가정을 책임지고 있는 가장일 수도 있습니다. 한 아이의 아버
지일 수 있고, 어머니일 수 있습니다. 절대악은 그러한 상황들을
전혀 고려하지 않은 채 학살에 몰두하고 있습니다.

　때마침, 절대악이 씨익 웃는 것까지 나왔다. 그 장면을 집
중적으로 클로즈업했다. 해석하기에 따라서는 엄청나게 많은
사람을 사살하면서 짓는, 사이코패스의 표정과도 비슷했다.
물론 한주혁은 사람들 죽이는 게 좋아서 웃은 게 아니다. 절
대악 포인트의 활용 범위가 넓어졌고 그에 따라 궁극기를 쓸
수 있어서 잠깐 좋아한 거지.

　기차역에서 기차를 기다리며 뉴스를 보던 한 남자가 혀를
찼다.

　"쯔쯔쯧……."

　어쩌다 저런 미친놈한테 저런 힘이 주어졌단 말인가. 아무
리 게임이라지만 사람을 저렇게 죽이면서 신나 하는 놈은 처
음 본다. 저런 게 바로 말로만 듣던 사이코패스. 이런 게 아니
겠는가.

　"말세다, 말세야."

사실 절대악이 데르앙을 치게 된 것은, 신성이 먼저 '버려진 영지 세르니아'를 쳤기 때문이다. 또 지금 한주혁이 신진 연합군을 토벌하고 있는 것은 신진 연합군이 먼저 쳐들어왔기 때문이다. 한주혁은 자신의 영지를 공격하러 온 연합군을 맞아 홀로 싸우고 있는 상황이다. 척살령을 내린 것도 대연합이 먼저였고, 한주혁은 맞척살령을 내린 것뿐이다. 공중파에서는 그러한 내용들은 다루지 않았다.

JTBN의 손석기는 이러한 내용을 보다 객관적인 시선에서 사람들에게 전파했다. 덕분에 전 세계적으로 JTBN 동시접속자 숫자가 200만 명을 돌파하지 않았는가. 그러나 200만 명이라고는 해도 전 세계적으로 보면 그렇게 큰 수치라 볼 수는 없었다.

'장면을 담아야 하는데.'

어쩔 수 없다. 모든 영상 기록 장치 혹은 송출 장치가 고장났다. 일시적으로 작동을 하지 않았다. 손석기는 눈으로 볼 수 있었다.

번쩍!

번개가 쳤다.

일반적인 번개는 아니었다. 세상이 일시적으로 어두워지더니, 검붉은 번개가 번쩍거렸다. 어두운 공간에서 검붉은 빛이 토해진 것 같은 그런 느낌이었다. 검붉은 무언가가 세상을 덮었고 그 빛이 이뤄낸 결과는 믿을 수 없을 정도의 괴현상이었다.

'이럴 수가…….'

손석기는 자신의 눈을 의심했다.

'잿더미가…….'

그도 안다. 절대악이 상식을 아득히 초월했다는 것을. 절대악은 상식적인 수준에서 생각하면 절대 안 되는 히든 클래스 중에서도 히든 클래스다. 현재 올림푸스를 이끌어가는 커다란 메인 시나리오 중 하나인 '절대악 VS 7성좌'를 이끌어가고 있는 1인이 아닌가. 그걸 알긴 아는데. 눈 앞에 펼쳐진 상황은 너무나 비현실적이었다.

'신진 병력의 절반이 사라졌어……?'

모르겠다. 정확하게는 알 수 없으나 20만 명 중, 10만 명이 그대로 사라진 것 같았다.

─스킬. 상황 파악을 사용합니다.

그의 마나로 만들어진 드론이 하늘로 떴다. 그 드론이 상황을 파악하고 손석기의 머릿속에 정보를 전달했다.

'사망자 수. 약 99,000명.'

눈대중으로 본 것이 맞았다. 20만 명 중, 10만 명이 사라졌다. 순식간에 검은 잿더미가 되어버린 것이다.

'1초당 100명 이상의 플레이어들이 사망 중.'

이 추세대로라면 1분당 6,000명가량이 추가로 사망할 것이다.

'일격에 10만 명을 죽였어?'

그것도 모자라서 플레이어들이 계속 죽고 있다.

'정말…… 절대악을 기점으로 역사가 변화할지도 모르겠어.'

그 역사의 순간을 담지 못하여 아쉬웠다.

─연합장님, 영상 기록 장치가 다시 작동합니다.

─알겠습니다. 상황을 정리하세요. 추정 사망자 10만 명. 1초에 100명 이상이 목숨을 잃고 있습니다. 단 일격에 벌어진 상황입니다.

───

한주혁도 본인의 스킬에 놀랐다.

'한 절반은 날린 거 같은데?'

스킬 이펙트는 이미 알고 있었다. 이 세상을 검붉은 번개로 물들이며 번쩍거리는 스킬 이펙트. 이 스킬의 능력은 스승조차도 인정했을 정도. 그렇다고는 해도 거의 10만에 달하는 병력을 한꺼번에 녹여 버릴 줄은 몰랐다. 많이 죽여 봐야 한 번에 한 3만 명 죽일 수 있을까 했는데.

'와. 내가 생각해도 진짜 양심리스네.'

원래 이거 사용하고 나면 탈진해야 정상인데 '초 수성격'의 효과가 여전히 지속됐고 10만 명을 한꺼번에 사살하여 막대한 양의 데미지를 입힌 그는 그다지 지치지 않았다. 초 수성격의 '엠흡' 효과로 인하여 M/P가 차올랐으니까.

한주혁 본인조차도 지금 자신의 능력이 사기라고 느끼는 중.

'심지어 레벨업 효과까지 받았고.'

10만 명을 한꺼번에 죽였다. 레벨업 알림이 4번이나 들렸다. 그러니까 그는 엄청난 스킬을 사용하여 어마어마한 양의 M/P를 소모했지만, 초 수성격의 엠흡 효과로 M/P를 다시 채웠으며 그도 모자라서 레벨업을 통해 H/P와 M/P를 다시 풀로 채웠다는 소리다.

그런데 그때 또 마침.

─레벨이 올랐습니다.

레벨이 또 올랐다. 평범한 사람들은 레벨 1 올리는 데 거의 1년이 걸린다. 한주혁은 2분이 안 되는 짧은 시간 동안 5레벨업을 했다. 그것도 평범하고 운 없는 사람들은 오르지도 못한다는 60대 레벨. 64에서 69까지.

'내가 생각해도 너무하네.'

아무리 10만 명을 한꺼번에 죽였다고는 해도 5레벨업을 하기에는 좀 무리일 수도 있었다. 원래대로라면 그랬다. 단순히 10만 명을 죽인 덕분에 레벨업을 한 게 아니었다.

－아서 님이 미쳐 날뛰고 있습니다!
－아서 님이 적을 학살하고 있는 중입니다!
－현란한 죽음의 춤사위를 펼칩니다!

거기에 더해.

－동일 장소에서 적의를 가진 100,000명 이상을 사살하였습니다.
－절대악 추가 보상 조건을 클리어합니다!

숨겨진 조건을 만족했다. 절대악의 특성인 것 같았다.

－숨겨진 목표 달성!
－절대악 전용 추가 보상이 산정됩니다!
－대량의 경험치가 추가로 주어집니다!
－일정시간 동안 경험치 획득률이 200퍼센트 증가합니다!

덕분에 한주혁의 레벨이 69까지 껑충 뛰어오를 수 있었다. 스텝업 포인트가 있었다면, 어쩌면 70 이상도 오를 수 있었을 지도 모른다.

그 생각을 읽기라도 한 걸까.

−절대악 전용 추가 보상이 주어집니다!
−스텝업 포인트 1개를 획득합니다!

엄청난 경험치에 추가 경험치 획득률 200퍼센트. 그에 인해 스텝업 포인트까지. 이건 마치 절대악에게 모든 행운을 몰아주기라도 하는 것처럼 보였다. 그래. 너 아직 쪼렙이지. 얼른 만렙을 찍어라. 누군가 이렇게 응원이라도 해주는 것처럼 말이다.

한주혁은 스텝업 포인트를 사용했다. 어차피 가지고 있어 봐야 나중에 쓸데도 없다. 스텝업 포인트를 통해 69에서 70으로 레벨업했다. 일반인들은 평생 밟을 수 없다는 영역. 레벨 70대에 도달한 거다.

여기까지만 해도 이미 충분히 놀라웠다. 하지만, 절대악이 나서서 '아수라 파천무'를 사용한 약 2분 동안 초래된 결과는 이게 끝이 아니었다.

−레벨 65를 달성하였습니다.
−스킬. 파천보법이 활성화되었습니다.

레벨 65가 되어 파천보법을 익혔다. 이제 달려갈 때도 모양

빠지게 안 달려도 된다. 심법에 이어 보법까지 익혔다. 비록 약하긴 하지만 광역 스킬(악신 강림)도 익혔고 일반 공격 스킬까지도 가졌다. 그냥 평타만 사용할 때와는 차원이 다를 정도로 강력해졌다.

그런데 또 레벨 70을 달성하면서.

─레벨 70을 달성하였습니다.
─스킬. 천참격이 활성화되었습니다.

단일 공격으로 백참격보다 훨씬 더 강력한 능력을 발휘하는 천참격까지도 활성화되었다.

'만참격까지만 익히면.'

그러면 한주혁이 주로 사용하는 공격 스킬 트리가 완성된다. 백참격. 천참격. 만참격. 이 세 가지를 교묘하게 잘 사용하면 쿨타임 없이 사용할 수 있다. 연속해서 스킬을 뽑아낼 수 있다는 얘기다. 컨트롤 능력이 따라줘야 하긴 하지만, 스승새끼 밑에서 밥 먹고 한 게 그거다.

'대박이네.'

가만히 있었는데 경험치가 굴러 들어왔다. 일반 연합원들에게 악감정이 있는 건 아니었으나 그래도 어쩌랴. 자기 몸은 지켜야 하지 않겠는가.

공중파와 JTBN에서도 지금의 이 내용을 발표했다.

공중파의 대략적인 분위기는 이랬다.

–학살자. 비열한 방법을 사용. 10만 명의 국민이 사망하다.

어차피 그 장면을 녹화한 사람은 없었다. 모든 영상 기록 장
치가 고장 났으니까. 그 비열한 방법이 어떤 비열한 방법인지
는 알 수 없으나, 어쨌든 10만 명을 한꺼번에 죽인 그 방법은
결코 정당한 방법이 아닐 거라는 예측이 지배적이었다.
한편, JTBN 접속자들은 깜짝 놀랐다. 난리가 났다.

–기저귀 차고 있기를 잘했다. 한 열 번 지린듯.
–영상 안 나온 지 끽해야 1, 2분 된 거 같은데. 거의 뭐 절반이
증발했네.
–도대체 뭔 짓을 한 거임? 세계의 미스터리 제우스보다 나는
절대악이 더 미스터리인 거 같음.

JTBN은 공중파에서는 다루지 않는 내용도 내보냈다. 절대
악이 실제로 이렇게 말했다.

–나는 연합원들을 죽이고 싶지 않거든? 그러니까 이 사태를 만
든 수뇌부들 나와라. 나랑 한판 붙자. 비겁하게 뒤에 숨어 있지 말
고. 왜? 쫄리냐? 한국 랭킹 1위부터 5위까지 다 왔다며. 다 어디

갔어?

강무환도 그 말을 전해 들었다. 강무환은 입술을 깨물었다.
어린 애송이 새끼가. 출신도 성분도 모를, 천민 주제에 귀족
들을 이렇게 농락해도 되는 것인가. 그 자신은 한국을 이끌어
온 절대자 중 한 명이고. 지금의 한국을 있게 해준 공신 중의
공신이다. 적어도 그는 그렇게 생각했다.

'건방진 새끼.'

지금 당장에라도 찢어 죽이고 싶지만 그럴 수는 없었다. 레
벨업 이펙트가 퍼지는 걸 봤고. 지금 저놈의 다시 최상의 컨
디션을 되찾았을 거다.

강무환이 말했다.

"파란마음 이사가 나가서 시간을 끌도록."

"제, 제가요?"

파란마음 이사는 흠칫 놀랐다. 한국 랭킹 5위. 그녀 스스로
굉장히 뛰어난 플레이어이고, 천민들을 다스리는 귀족이라
생각은 한다만. 그래도 절대악이랑 싸울 수는 없다. 무조건 필
패다.

파란마음은 강무환의 뜻을 거역할 수 없었다. 그녀는 엘진
의 이사이지만, 강무환은 신성의 대연합장이니까.

"……나중에 신성에서 사정 한번 잘 봐주실 거라 믿어요."

나가서 얼마나 시간을 끌 수 있을까. 시간 끌기가 중요하다

기보다는, 어쩌면 시선 끌기가 더 중요하다. 보아하니 지금 절대악의 시선은 이쪽. 지금은 깨지고 없지만 방어막이 설치되어 있던 이곳, 수뇌부에 집중되어 있다. 수뇌부가 있는 곳은 동문 부근. 서문 부근에는 상대적으로 신경을 쓰지 못하고 있을 거다.

강무환이 대답했다.

"나는 언제나 엘진에 호의적이지. 앞으로도 더욱 그럴 거고."

"……알겠습니다."

그 말에 파란마음이 그녀 특유의 보법을 전개했다. 그녀의 몸놀림은 굉장히 가벼웠다. 아직까지도 수만이 넘게 남은 플레이어들 사이로 사뿐사뿐, 가볍게 몸을 움직였다. 그녀의 몸이 움직일 때마다 잔상이 남았다. 푸른색 잔상. 이도류 히든 클래스인 파란마음이 사용하는 독문보법이 남기는 스킬 이펙트다.

한국 랭킹 5위가 직접 움직였다. 당연히 시선이 쏠렸다. 그러는 사이, 강무환이 다른 명령을 내렸다.

─준비해.

─정말로……. 사용합니까?

─사용한다.

─알겠습니다. 소환의식을 시작하겠습니다.

준비는 완료되었다. 시간도 충분히 끌었고 시선도 잡아 돌

236 랜덤
플레이어 4

리고 있다. 이제 남은 것은 '그것'을 사용하는 일뿐. 사용하지 않고 싶었지만 어쩔 수 없었다. 이제 남은 카드는 '그것'뿐이니까.

강무환은 '그것'을 믿기로 했다.

'데르앙은 반드시 탈환될 거다.'

에르페스 제국 정보부. 그들은 현 상황에 대해서 '흥미롭다'라는 결론을 내렸다.

"일반적인 플레이어들의 강함을 아득히 뛰어넘은 수준입니다."

"우리가 신경 써야 할 특이사항은?"

"세 가지입니다."

한 가지는 '절대악'이라는 클래스를 가진 플레이어가 엄청나게 강력한 힘을 보유하고 있다는 것.

두 번째는.

"두 번째는 저희가 쫓고 있는 현상금 수배범. 람타디안과 용모가 비슷합니다."

한주혁이 들었다면 개소리하지 말라고 펄쩍 뛰었을지도 모를 일이다. 아무리 봐도, 어떻게 살펴봐도 전혀 닮지 않았다. NPC들의 눈에 그렇게 보일 뿐.

"확실하지 않습니다만……. 인상착의가 약간 닮아 있습니다."

"네 말은 틀렸다."

"······예?"

"람타디안은 정확히 8시간 전에 자수했다. 엄청나게 두려움에 질려 있더군."

"죄송합니다. 파악하지 못했습니다."

"아니, 죄송할 건 없다. 현장에서 방금 복귀했으니 파악하지 못한 것도 무리는 아니지."

마지막으로 남은 한 가지.

"그런데······ 신성 연합의 강무환이 결국 '라마다'를 활용할 생각인 것 같습니다."

결국 그렇게 되는 것인가. 3급 공성병기 라마다.

에르페스 제국의 철저한 관리 감독하에 관리되는 병기다. 3급부터는 공성병기를 관리하는 전담 마법팀이 따로 있고, 모든 수량에 대한 이동과 관리에 대한 보고가 황실로 직접 들어간다. 황실 내에 그것들을 담당하는 부서가 따로 있다.

"위력은 조금 약한 편이지만······. 정말로 플레이어 간의 전쟁에 라마다를 풀어도 되는 것입니까?"

"황제폐하께서 직접 내리신 명령이다."

"플레이어들의 수완이 좋긴 좋은 모양이군요. 황제폐하께서 칙명을 내리실 정도면."

황제가 직접 명령을 내렸다면 더 이상 왈가왈부할 수 없는 문제다. 더군다나 1급, 2급도 아니고 3급 정도면 대여 정도는 가능하다. 3급 공성병기 한 번 대여하는 데 800억 골드 정도가 든다. 물론, 돈이 있다고 해서 아무에게나 대여해 주지 않는다.

황제의 칙명이 있거나, 공성병기 관리 총책임자의 명령이 있거나. 3급까지는 그렇고 2급 이상은 오로지 황제의 명령에 의해서만 대여가 가능하다. 1급은 아무리 황제라 할지라도 대여가 불가능하다. 오로지 에르페스 제국의 안녕을 위해서만 사용되는 비밀병기인 셈이다.

"놈들이 라마다를 제대로 활용할 수 있다고 보나?"

"제대로 된 위력을 끌어내지는 못할 겁니다. 만일의 상황에 대비하여 정확한 매뉴얼을 주지 않았고 최상위 명령어는 모릅니다. 따라서 본래 위력의 절반 정도밖에는 활용하지 못할 겁니다만……. 데르앙 같이 약한 성을 부수는 것은 충분합니다. 일단 피격되면 영지 크리스탈도 파괴될 겁니다."

하늘 위에 있던 천세송은 뭔가 이상함을 발견했다.

─오빠, 아니, 죄송해요. 아저씨.

현실에서는 자꾸 오빠라고 생각하는데 올림푸스에서는 아저씨라고 불러야 하니까 뭔가 헷갈렸다. 그냥 오빠라고 부르고 싶은데. 그녀는 아주 작은 욕심을 품었다.

'습관 들여야지.'

철저하게 분리해서 사용하지 않으면 정말 크게 혼날지도 모른다.

─아저씨 있는 데서는 확인 안 되는데…….

혹시 몰라서 언데드들. 다크나이트들을 정찰병으로 여기저 기 뿌려놨다. 다크나이트들은 패트롤(순찰)을 돌면서 주변 상 황에 대한 정보를 천세송에게 직접 전해주고 있는 상황.

─서문에 이상한 대포 같은 게 모습을 드러냈어요.

─대포?

대포라. 아이템인가.

─이게 어디서 막 끌고 오고 그런 건 아니구요. 마법진 같은 데서 갑자기 소환됐어요. 마법은 아닌 거 같고. 저게 도대체 뭘까요?

이왕 나온 김에 랭커들과 한판 싸우려던 한주혁은 멈칫 했다.

'대포 모양.'

게다가.

'마법진에서 소환되는 아이템?'

그런데 그것이 마법 같지는 않다?

'설마.'

설마하니 에르페스 제국에서만 사용한다고 설정되어 있는 공성병기 중 하나인가.

'신성새끼들……'

한국 기반의 대륙. 센티니아와 루니아에서 막강한 힘을 자랑하는 대연합 신성이라지만 에르페스 제국이 관리하는 공성병기를 가져올 줄은 몰랐다.

'플레이어들에게 저게 넘어간 적이 있었나?'

타 대륙에서는 있었다. 물론 공성병기의 이름은 제국마다 다르다고는 하지만, 어쨌거나 해외 기반 대륙에서는 있었다고 알려져 있다. 60년 정도 전 SSS등급 퀘스트가 진행될 때 그랬었다고 알려져 있다. 그런데 한국에서는 처음이다.

'돌아가야겠어.'

신성 대연합이야 그다지 두려울 게 없지만 공성병기는 다른 문제다. 설정상 제국은 센티니아와 루니아 대륙 최강의 세력이다. 그들은 플레이어들의 일에 그다지 간섭하지 않는다.

신성과 엘진이 영지를 많이 가지고서 세금을 떼어먹고, 비자금을 조성하고 온갖 난리를 쳐도 그들은 그다지 관심을 가지지 않는다. 왜냐하면 플레이어들이 아무리 발악해 봐야 에르페스 제국이 보기에는 그리 큰 문제가 아니니까.

그런 에르페스 제국이 특별히 관리하는 공성병기를 가져왔다? 조심할 필요가 있었다.

'여태까지 시간을 끌었던 거로군.'

동문에서 말이다. 수많은 연합 플레이어들, 비정규직 플레이어들, 하청 플레이어들을 죽음으로 내몰면서.

누군가가 모습을 드러냈다.

"놈! 네 건방을 여기서 끝내주마."

한주혁도 저 여자를 알고 있다. 한국 랭킹 5위. 이도류의 히든 클래스.

대연합 엘진의 실세 중 실세. 엘진의 이사 '파란마음'이다. 한주혁은 엘진을 별로 안 좋아한다. 동영상 증거를 내밀었음에도 불구하고, 그들은 이베에게 어떠한 처벌을 가하지 않았다. 동영상이 조작되었다고 오리발을 내밀었으며 오히려 보란듯 이베를 전면에 내세워 절대악이 나쁜놈이라고 선전하고 있지 않은가. 절대악 따위가 말하는데 누가 믿겠냐? 이런 식의 선동이었는데, 재미있게도 그런 선동이 잘 먹혔다.

한주혁은 파란마음과 싸울 수 없었다. 서문에서 일어나는 일에 대응해야 했으니까. 수성격은 아직 굳건하지만 이제 곧 스킬 지속시간이 끝난다. 정말 운이 나쁜 경우, 수성격이 끝나고 재사용하기 직전에 공성병기가 사용된다면?

'막아야 한다.'

다행히 그는 지금 보법을 익힌 상태.

─스킬. 파천보법을 사용합니다.

─진 파천악심공의 효과로 파천보법이 초 파천보법으로 전환되어 사용됩니다.

아수라 파천무에는 영향을 끼치지 못했지만, 진 파천악심공은 그의 독문보법에는 영향을 끼쳤다.

'속.'

절대악의 몸이 뭔가에 빨려 들어가듯 엄청난 속도로, 서문을 향해 움직였다. 파란마음 이사가 푸른 잔상을 남기며 절대악을 쫓았지만 쫓을 수 없었다. 그녀가 크게 외쳤다.

"도망치는 것이냐!"

공중파 3사는 이 상황을 집중적으로 다뤘다. 절대악의 M/P가 떨어졌다든가. 아니면 특수 스킬의 능력이 사라졌다든가. 아니면 랭킹 5위의 등장에 겁을 먹었다든가.

─약한 이들을 학살하던 절대악은, 강자를 맞이하여 도망치고 있습니다.

졸지에 절대악은 약한 연합원들은 학살하면서 랭킹 5위를 마주하자 도망친 비겁한 플레이어가 됐다. 적어도 공중파에서는 말이다. 뉴스 속 랭킹 5위. 파란마음 이사가 당당하게 외쳤다.

"절대악은 도망치지 말고 나와 싸워라! 비겁하게 약한 이들을 상대로만 힘을 발휘하면 되는 거냐!"

다만, JTBN에서의 반응은 달랐다.

-랭킹 7위 강무열도 쨉이 안 되는 절대악임. 랭킹 5위가 무서워서 튀겠음? 그랬다면 성벽 밖으로 나오지도 않았겠지.

-저번에는 심지어 성벽의 가호받으면서 싸웠는데도 상대가 안 됐음.

-절대악이 겁먹고 튄다는 건 말도 안 됨.

-공중파 선동에 놀아나지 맙시다. 저런 개소리를 아직도 씨불이는 거 보면……. 공중파 애들은 아무래도 정신 나간 거 같네요.

한주혁이 검은 잔상을 남기며 빠른 속도로 움직였고 그 모습은 JTBN의 카메라에도 잡혔다. 손석기는 침을 꼴깍꼴깍 삼키며 한주혁의 모습을 잡기에 애썼다. 속도가 너무 빨라서 제대로 잡기가 힘들었다.

언론인의 특수 스킬을 사용해가면서 겨우 잡았다. 절대악이 이동한 곳은 서문 방향.

손석기도 발견했다.

'어?'

마력 드론을 띄워서 자세히 살폈다.

'공성병기!'

공성병기에 관한 것은 기밀로 간주된다. 세상에 모습을 공개된 것은 겨우 '3급 공성병기' 정도다. 그리고 그 3급 공성병기가 지금 서문에 모습을 드러냈다.

-대박. 저거 공성병기 아님?

-저거 예전에 미국에서 한 번 빌렸었는데 6시간 대여하는 데 한 800억 썼다던데.

-신진 연합이 진짜 제대로 마음먹고 온 듯.

-절대악은 지금 저거 때문에 랭킹 5위랑 안 싸우고 움직인 거네. 서문으로.

공성병기 라마다. 라마다는 크기 약 7미터의 거대한 대포 형태를 하고 있다. 마법진으로 이동이 가능하며 오로지 마나와 특별한 시동어를 활용하여야만 사용이 가능한 무기.

거대한 대포. 라마다의 포신이 빛나기 시작했다. 라마다 밑으로는 별 모양의 흰색 마법진이 빙글빙글 돌면서 이펙트를 뿜어냈고 라마다의 포신 끝. 포탄이 발사되는 지점에서는 황금빛 기운이 감돌았다. 황금빛 기운이 모이는가 싶더니 그것은 이내 황금색 커다란 구로 변했다.

"꼬꼬, 가자."

상황을 보아하니, 뭔지는 모르겠지만 일단 바빠 보인다.

"일어나라. 죽음의 군단이여!"

아저씨가 움직이는 것보다 자신이 움직이는 게 한 10초 정도는 더 빠를 것 같다는 판단이 섰다. 벌레폭풍이 불어닥쳤다. 그에 대한 대비가 되어 있는지 화염계 마법이 벌레폭풍을 휩쓸었다.

"일어나라. 죽음의 병사들이여!"

하지만 천세송이 가진 언데드는 벌레 형태만이 아니다. 히든 보스 몬스터. 키메라들을 꺼내 들었다. 강화된 형태의 물총 키메라가 주변의 마법사들을 공격하기 시작했다.

그사이 라마다의 포신이 뜨겁게 달아올랐다. 곧 발사를 할 것처럼 보였다. 서문을 향해 달려가던 한주혁은 깨달을 수 있었다.

'아주 잠깐의 틈.'

그러니까 수성격이 깨지고 재사용하는 데 걸리는 그 시간.

'그 시간을 노리고 있다.'

플레이어들이 능동적으로 그걸 알아서 기다리고 있는 건 아니다. 다만, 저 '3급 공성병기'가 스스로 그걸 판단하고 공격 타이밍을 재고 있다는 얘기였다.

'미친 아이템을 가져왔군.'

에르페스 제국이 자랑하는 병기를 가져오다니. 저건 사기 아닌가.

1명 잡겠다고 20만 명이 몰려온 것부터가 일단 사기였고, 그걸 또 잘 막아내고 있는 자신이 사기라는 사실은 잊기로 했다. 아무래도 신성은 돈이 썩어나는 모양이었다. 데르앙 내부의 자료들도 정리가 거의 되어가고 있는 상황. 신성은 돈이 썩어날 수밖에 없었다. 무역도시 하나에서만 비자금을 900억 가까이 쌓아놓고 있었으니까.

한주혁이 서문에 도착했다. 그의 눈에도 보였다. 공성병기 라마다가 달아오를 대로 달아올라, 포신이 붉게 물들어 있었다. 톡 건드리기라도 하면 터질 것 같았다. 황금빛 구체, 저것이 발사되는 모양이었다.

'수성격이 곧 끝난다.'

바로 가동한다 하더라도.

'수성격이 끝나는 타이밍에 공격을 받으면.'

제국이 자랑하는 공성병기다. 에르페스 제국이 직접 세운 영지도 아니고, 플레이어에게 내준 영지다. 에르페스 제국의 공성병기가 한 방도 버텨내기 힘들 거다. 어쩌면 영지 내의 크리스탈까지 영구적으로 파괴될지도 모른다.

'3초면 끝나.'

수성격을 바로 재사용하겠지만. 그래도 시간이 애매했다. 저 라마다는 분명히 시간을 계산하고 있었다. 마법병기답게.

남은 시간은 이제 2초. 1초.

'공격받으면 어떤 상황이 펼쳐질지 모른다.'

지금 당장. 대책이 필요했다. 1초가 흘렀다.

수성격이 끝나는 그 타이밍에, 놀라운 일이 벌어졌다.

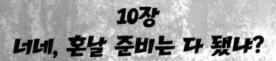

10장
너네, 혼날 준비는 다 됐냐?

천세송은 뭔가 심상치 않음을 느꼈다.

'쟤네……. 지금 뭘 하려는 거야?'

아저씨는 왜 저렇게 빨리 저기로 달려가지? 뭔가가 엄청난 것이 나타난 것 같은 그런 기분. 한주혁이 제대로 말조차 하지 않고 달려가고 있는 걸 보면, 달리는 데에 굉장히 집중하고 있는 것 같다. 1초가 아까운 것처럼 달리고 있지 않은가.

'나도 도울 거야.'

그녀도 한주혁을 돕고 싶었다. 도움받는 어리광쟁이가 아니라 꽤 괜찮은 여자가 되어가고 있다고 어필하고 싶었다. 돕기로 마음먹었다.

"꼬꼬, 긴장 바짝해."

키엑!

꼬꼬는 긴장하라는 말은 알아들었으나 어떻게 뭘 해야 할지는 몰랐다. 만약 천세송에게 좀 더 뛰어난 교감 스킬이 있다거나, 꼬꼬를 더 배려할 수 있는 언변을 가졌다면 이렇게 얘기했을 것이다.

내가 지금 뭔가를 소환할 건데, 이게 충격이 꽤 크거든. 그러니까 너한테도 충격이 많이 전해질 수 있어. 조심하고 긴장하고 있으렴. 그러나 천세송에게는 그런 능력이 없었고 일단 급한 대로 '긴장 바짝해'라고 표현했다.

천세송이 시동어를 말했다.

"일어나라. 죽음의 병사여."

그와 동시에 천세송의 몸에서 녹색 이펙트가 번쩍였다. 돌로 만들어진 뱀 같은 것이 천세송의 몸을 감싸고 타고 올랐다.

키엑!

꼬꼬는 등에서 어마어마한 충격을 느꼈다. 긴장하라고 했던 게 이런 뜻인지 몰랐다.

꼬꼬는 갑작스레 느껴진 큰 충격에 중심을 잃고 떨어져 내렸다. 금세 다시 중심을 잡기는 했으나.

키엑?

등이 가벼워졌어?

천세송이 땅으로 떨어져 내렸다. 천세송은 스킬 발현을 늦추지 않았다. 히든 보스 몬스터 기르칵투가 모습을 드러냈다.

그녀는 하늘에서 땅으로 떨어져 내리면서 스킬을 사용했다.

'석화!'

거대한 뱀. 무려 네 단계의 관문을 거쳐서 겨우 잡을 수 있었던, 네임드 보스 몬스터 기르칵투가 앱솔루트 네크로맨서의 손을 거쳐 등급업 된 상태로 모습을 드러냈다.

수십 미터짜리 거대한 뱀의 황금색 눈동자가 번쩍였다.

−스킬. 광역 석화를 사용합니다.

주의 알림이 들려왔다.

−M/P 소모 속도가 지나치게 빠릅니다.
−타 언데드들이 역소환될 수 있습니다.

천세송은 기르칵투에 집중했다.

−다크 나이트 121기가 역소환되었습니다.
−동굴 개미 400마리가 역소환되었습니다.
−동굴 지네 824마리가 역소환되었습니다.
−플레이어. 로안이 사망하였습니다.

기르칵투의 스킬 '광역 석화'는 천세송의 말도 안 되는 M/P를 또 말도 안 되게 잡아먹었다.

'칭찬받을 거야!'

그 강렬한 욕망은 더욱 강렬한 석화로 표현되었고 공성병기를 사용하려던 마법 계열 플레이어들이 석화에 걸렸다. 3급 공성병기 라마다는 마법병기의 일종이고, 마법을 부리는 근원. 마나가 없으면 사용이 불가능한 병기다.

그 마나는 서문에 모여 있는 약 1,000여 명의 마법사가 공급을 하고 있었고. 그것에 집중하고 있던 마법사들은 저항 한 번 하지 못한 채 광역석화에 걸려들었다.

마법사 1,000여 명. 그를 지키는 약 2,000여 명의 플레이어들. 모두가 석화에 걸렸다.

'6, 7초 정도는 버틸 수 있어!'

꼬꼬가 이쪽을 향해 날아오는 게 보였다. 땅에 떨어지기 전에 꼬꼬의 등에 다시 탈 수 있을지 없을지 모르겠다. 시간이 조금 애매했다. 땅에 떨어지면 거의 죽을 것 같은데.

'응?'

그런데 땅에 떨어지지 않았다. 꼬꼬의 등에 타지도 않았다. 목소리가 들려왔다.

"잘했어."

뭐랄까. 품이 따뜻했다.

"여, 여긴 하늘인데……?"

내가 지금 꿈을 꾸나? 나 벌써 죽었는데, 올림푸스에서 죽으면 사후세계가 있는 거예요? 묻고 싶을 정도였다. 어느새 한주혁이 이곳까지 뛰어올라 천세송을 안아 들었다.

"몇 초 버틸 수 있어?"

심안으로 느껴졌다. 천세송은 지금 무리하고 있다. 기르칵투의 스킬을 꺼내 쓰느라고 말이다.

"5초 정도요."

그 정도면 충분했다. 한주혁은 천세송을 땅에 내려놓고 다시 땅을 박찼다. 그 멀어져가는 뒷모습을 보면서 천세송은 저도 모르게 헤헤 웃고 말았다.

"나 지금, 아저씨한테 안겼지?"

분명히 들었다. 아저씨. 아니, 오빠가 잘했어. 이렇게 말해 줬다. 어느새 꼬꼬가 천세송을 지키려는 듯 옆에 섰다.

"와. 나 칭찬받았어! 꼬꼬야, 너도 들었지?"

키엑?

꼬꼬는 못 들었다. 멀리 있었다. 그런데 천세송에게 그런 건 별로 중요하지 않은 것 같았다.

"꼬꼬야, 나 칭찬받았다니까? 안겼어!"

그녀의 눈이 순식간에 멀어져가는 한주혁의 등을 계속해서 쳐다봤다.

"그럼 이제 나 아저씨랑 사귀는 거야?"

키엑?

꼬꼬는 고개를 갸웃했다. 칭찬받은 거랑 사귀는 거 사이에 무슨 논리가 있는 건지. 역시 인간들은 너무 어려웠다.

한주혁은 파천보법을 사용해서 움직였다.

'5초 정도의 시간.'

이전과는 그 움직임 속도가 비교조차 안 됐다. 원래도 스탯이 높아 잘 달리긴 했으나, 그 스탯을 이제 100퍼센트 이상 활용할 수 있는 거다.

2초가 흘렀다. 석화는 아직 진행 중. 라마다가 코앞에 보였다.

'라마다를 파괴하는 건 안 돼.'

잘못했다가는 에르페스 제국에 찍힐 수도 있다. 지금은 연합들과 싸움에 집중해야 할 때. 굳이 적을 하나 더 늘릴 필요 없지 않은가.

'아니, 애초에 파괴가 되는 물건인지도 모르겠고.'

남은 시간은 이제 약 2, 3초. 그사이 한주혁은 수성격을 활성화시켰다. 한주혁이 생각하기로, 궁극기를 제외하고 자신이 가진 가장 사기적인 스킬은 수성격이다.

-스킬. 수성격을 사용합니다.

그 수성격이 초 수성격으로 전환되었고, 이제부터는 무한엠홉의 위엄을 보여줄 것이다.

'이제야 좀 더 공격다운 공격을 하겠어.'

레벨이 오르면서 파천보법과 함께 익힌 스킬. 천참격.

남은 시간은 이제 1초 정도.

—스킬. 천참격을 사용합니다.

스킬 천참격 역시, 다른 스킬과 마찬가지로 진 파천악심공의 효과로 초 천참격으로 전환되어 사용되었다. 7개의 검은색 반달이 사방으로 쏘아져 나갔다. 백참격보다는 그 크기가 작았다. 백참격이 관통 효과를 가진 한 개의 반달이라면, 천참격은 관통 효과를 가진 여러 개의 반달이었다.

그와 동시에.

—스킬. 백참격을 사용합니다.

어차피 지금은 연계 스킬이 불가능하다. 연계를 하려면 만참격까지 익혀야 한다.

그런데 한주혁이 예상하지 못했던 알림이 들려왔다.

—스킬. 초 천참격을 확인합니다.

—스킬. 초 백참격을 확인합니다.

일반 천참격과 백참격이 아니다. 초 천참격과 초 백참격. 두 스킬이 강화되면서 한주혁이 몰랐던 또 다른 시너지 효과를 냈다.

　－초 천참격과 초 백참격이 시너지 효과를 일으킵니다.

백참격이 만들어낸 반달이 사라졌다. 대신 천참격의 7개 반달이 훨씬 커졌다. 너비가 점점 넓어졌고 7개의 반달의 가장자리와 가장자리가 맞닿았다. 가장자리가 맞닿은 7개의 반달. 그것은 하나의 반원 형태가 되어 앞으로 쏘아졌다.

　－축하합니다!
　－새로운 경지로 나아갔습니다!
　－초 천참격과 초 백참격 융합이 완료되었습니다.

한주혁의 몸을 중심으로, 검은색 반원이 사방을 휩쓸었다. 알림이 끝없이 들려왔다.

　－플레이어를 사살하였습니다.
　－플레이어를 사살하였습니다.
　－플레이어를 사살하였습니다.
　－플레이어를 사살하였습니다.

…….

　한주혁은 알림을 다시 껐다.

　'뭐냐 이건?'

　그도 전혀 알지 못했다. 두 가지 스킬이 융합되었다. 훨씬
더 공격 반경이 커졌다. 그의 앞에 있던 약 1,000여 명의 마법
사가 그 순간 잿더미가 되었고 그들을 지키던 플레이어들 역
시 전부 잿더미가 됐다. 스킬 한 번 썼을 뿐인데 약 4,000명의
플레이어가 사망했다. 궁극기도 아닌데.

　라마다 밑에서 회전하던 흰색 마법진이 옅어졌다. 공급받
는 마나가 끊겨서인지 모습을 감췄다.

　JTBN 손석기가 운용하는 마력드론이 그 장면을 고스란히
담아냈다.

　─지금 또 새로운 스킬 썼지?

　─도대체 얼마만큼 강한 거임?

　궁극기라 짐작되는 스킬 한 번에 10만 명. 그리고 궁극기는
아닌 거 같은데. 사용하는 데 별로 시간조차 안 걸린 거 같은
데. 대충 사용한 스킬에 또 수천 명이 죽었다.

　─진짜 미쳤다.

-신진 애들 돌겠네. 기껏 공성병기 갖고 왔는데 사용도 못 하고 사라짐.

-무슨 스킬 한 번에 수천 명이 그냥 죽냐?

그런데 그것만 중요한 게 아니었다.

-근데 지금 애들이 아무 반항도 못 한 건 석화에 걸려서 아님?

-저 많은 인원을 한꺼번에 석화시킴. 절대악에 가려져서 그렇지 저 네크로맨서도 미쳤음. 절대악이랑 앱네랑 같이 있으면 진짜로 대연합 무너뜨릴 수 있는 거 아님?

그들은 흥분했다. 200년 역사 이래로, 대연합에 반기를 들고 버텨낸 세력은 없었다. 적어도 최근 150년은 그랬다. 그런데 지금 상황을 보아하니 절대악이 그 말도 안 되는 일을 해낼 수 있을 것 같다.

-앱솔루트 네크로맨서도 미쳤고 절대악도 미쳤고.

그 미친 절대악이 다시 동문으로 향했다. JTBN 접속자 중 누군가가 말했다.

-어? NBC에서 파란마음이 인터뷰하는데?

공중파 중 하나. NBC에서 파란마음을 인터뷰하고 있었다.

파란마음은 이렇게 얘기했다.

─절대악은 비겁합니다. 비겁한 학살자입니다.

그녀는 확신했다. 적어도 이번 영지전에서 절대악은 죽을 거다. 공성병기 라마다를 가져왔다는 걸, 그녀도 알고 있다. 시간은 충분히 끌었고 절대악이 아무리 빨리 움직인다고 해도 라마다를 막을 수는 없을 터. 그래서 마음 놓고 인터뷰했다.

한국 랭킹 5위. 파란마음 이사는 이렇게 말했다.

─제가 가까이 다가가자 도망쳤습니다.

속으로 생각했다. 빨리 라마다가 작동해라. 성벽과 크리스탈을 전부 부숴 버려라. 운이 좋다면 절대악 너도 그 자리에서 즉사하겠지.

─약한 이들만을 상대로 힘을 쓰는 자. 너무나 비겁하다고 생각합니다. 저를 비롯한 한국의 랭커들은 저런 비겁하고 치졸한 짓에

매우 큰 유감을 표하는 바입니다.

　그런데 조금 이상했다.
　'왜 안 터지지?'
　공성병기가 작동했을 시간인데. 라마다가 왜 작동을 안 하지? 이거 뭔가 잘못된 건가? 아니, 잘못될 일은 없었는데. 방금 보고받기까지도 순조롭다고 했었는데. 설마 그 짧은 순간. 인터뷰하고 있는 이 짧은 순간에 뭐가 일어났을라고.
　공중파에서는 절대악을 비겁한 학살자로 묘사했다. JTBN에서 담은 '석화에 이은 대량 학살'을 방송에 내보내지 않았다. 내보내지 않은 건지, 장면을 포착하지 못한 건지는 확인할 수 없었지만.
　파란마음 이사는 저만치 앞. 동문 앞에서 약간의 소동이 있는 것을 발견했다.
　'응?'
　공성병기가 작동한 건 아닌 거 같고. 뭐지? 감각을 끌어올렸다.
　'뭔가가 다가온다.'
　그것도 엄청나게 빠른 속도로. 그 감각에 잡힌 기운은 익숙했다. 아까 이미 느꼈었다. 절대악의 기운이었다.
　'어떻게?'
　뭘 떠올리지도 못했다.

"컥!"

너무나 짧은 순간이었다. 파란마음 이사가 푸른색 잔상을 남기며 몸을 움직였다. 겨우 피했다.

'스쳐 맞았는데…….'

주먹을 스쳐 맞았는데도 H/P가 20퍼센트 가까이 줄었다. 제대로 맞지도 않았다. 정말, 말 그대로 스쳐 맞았다.

"멀리서부터 재미있는 얘기가 들리더라."

절대악이 피식 웃었다. 랭킹 5위가 말하는 거 다 들었다. 비겁한 학살자. 강자 앞에서 약하고, 약자 앞에서 강한 치졸하고 옹졸한 놈이라고.

"그럼 일단 좀 맞자."

랭킹 5위? 알 게 뭐야. 한주혁이 주먹을 뻗었다. 공중파 카메라가 보는 앞에서.

랭킹 5위. 절대악은 비겁하며 치졸하다고 표현한 엘진의 실세. 파란마음은 기겁했다.

'도대체 어떻게 생겨 먹은 보법이냐!'

그녀는 레이피어와 단도를 주 무기로 하고 있다. 굉장히 빠른 몸놀림을 가졌다. 거기다가 상대의 약점을 파악하여 크리티컬샷을 입히는 공격을 주로 선보인다. 그러기 위해서는, 다시 말해 상대의 약점을 잘 공략하기 위해서는 상대의 움직임을 잘 읽어내야 한다. 그녀에게는 그런 능력이 있었다. 여태까지는 말이다.

'움직임이 안 읽혀.'

보통의 경우에는 움직임이 읽혀야 정상이다.

'어디서 저런 괴물이……!'

파란마음은 절대악의 공격을 회피하는 데 급급했다.

"당신이 그 강하다는 랭킹 5위라며?"

절대악은 유유자적 움직이며 주먹을 한 번 뻗었다. 그렇게 급하지 않았다. 전력을 다하지도 않았다. 지금은 수성격을 펼친 지 얼마 되지도 않았고, 그렇게 급할 것도 없다. 공성병기라마다까지 실패로 돌아간 마당에 다른 전략이 남아 있는 것 같지도 않고. 그는 여유로웠다.

파란마음이 푸른 잔상을 남기며 뒤로 회피했다. 그녀 나름의 회피기동. 랭킹 5위답게. 민첩함을 주 무기로 하는 클래스답게. 절대악의 주먹을 피해낼 수 있었다.

파란마음은 침을 꿀꺽 삼켰다.

'너무 빨라.'

여태까지 빠르다, 빠르다하는 놈들과 많이도 싸워봤다. 그런데 이런 놈은 처음이다.

'보법 패턴만 파악하면 쉬워지는데.'

설상가상으로.

—보법 패턴 파악에 실패하였습니다.

–보법 패턴 파악이 불가능합니다.

–향후 움직임을 예측할 수 없습니다.

절대악이 사용하는 보법 스킬이 뭔지는 모르겠다만, 그 보법을 파악할 수가 없었다. 겉보기로는 그다지 빨라 보이지 않는데, 그냥 눈 한 번 깜빡였다가 뜨면 코앞까지 와 있었다.

후웅–!

절대악의 주먹이 허공을 갈랐다.

"그 영상. 조작된 영상 아니라는 사실을 누구보다 잘 알고 있을 텐데. 엘진의 이사회에서 그 영상은 완벽하게 조작되었다고 공표했더라?"

사실 그게 조작이 아니라는 증거를 내밀 수는 없다. 얼굴을 공개할 수는 없지 않은가. 그건 범죄다. 그는 절대악이지 범죄자는 아니었으니까. 현실에서 처벌할 수는 없겠지만,

"그렇게 유야무야 아랫사람 감싸면서 넘어가니까 지금 이 꼴이 나는 거야."

잘못한 건 잘못했다 말하고, 혼낼 건 혼내야지.

"엘진의 간판이나 다름없는 그 이베? 걔가 파란마음 이사의 조카라던데."

아마 그래서 이렇게 쉽게 넘어간 거 같다. 조작된 영상이라고 무마하면서. 파란마음은 그의 말에 대꾸할 수가 없었다.

'느린 듯 보이지만 빠르다.'

피할 수 있을 것처럼 느껴지는데 피하기 힘들었다. 절대악의 움직임을 주시하면서 그의 주먹을 피하는 게 전부였다.

'문제는……'

진짜 문제는 절대악이 진심을 다하고 있지 않은 것처럼 느껴진다는 것. 그녀 정도 경험이 쌓이면 대충 보면 안다. 상대가 전력을 다하고 있는 건지. 대충 하고 있는 건지.

'일대일로는……. 승산이 없어.'

어차피 승산이 없을 거라고는 알고 왔다. 다만, 체면이 많이 구겨지게 생겼다. 절대악은 비겁한 좀생이라고 방금 그렇게 떠들었는데 여기서 절대악에게 완패하면 모양새가 너무 안 살지 않는가.

절대악도 그 점을 노리고 있는 건지. 일부러 대충하는 것처럼 보였다. 농락하는 것처럼 보이게 하려고.

그녀는 계속해서 후퇴하면서 절대악과의 거리를 벌리려고 애썼다.

'결정적인 한 방을 노리는 수밖에 방법이 없어.'

JTBN 접속자들은 조롱했다.

-한국 랭킹 5위라며? 절대악 개허접이라고 깝죽거리더니.
-그냥 튀기밖에 못 하네.

다른 의견도 있었다.

　-파란마음 이사의 스타일이 원래 아웃복서 스타일에 가까움.
　-정면대결이 아니라 피하고 피하다가 결정적인 한 방을 노리는
스타일임. 저건 튀는 게 아니라 기회를 잡는 거임.

　그러나 그렇게 보기에는 파란마음 이사의 움직임이 너무
처절해 보였다.

　-절대악은 진짜 설렁설렁 움직이는 거 같은데. 심지어 스킬도
안 쓰고 있음.
　-이건 아웃복서고 나발이고 그냥 쳐발리는 거 같은데.

　한편, 공중파 기자들에게는 지령이 내려왔다. 지금 절대악
과 파란마음 이사 간의 전투는 화면에 담지 못하게 했다.
　그런데 SBN의 기자 중 한 명이 실수로 생방 영상을 내보
냈다.
　'젠장.'
　그 화면에는 파란마음 이사가 당황해하며 뒤로 물러나는
표정이 생생하게 잡혀 있었다.
　'전송 취소할 수도 없고.'
　큰일이었다. 아니나 다를까. 귓말이 들려왔다.

-미친 새끼야! 돌았어! 그런 영상 내보내면 어떡해!

-시, 실수입니다. 제가 잠시 미쳤나 봅니다.

-어떻게 할 거야? 엘진에서 항의하면 네가 책임질 거야?

그들도 JTBN이라는 소규모 인터넷 방송이 활개를 치고 있다는 건 안다. 그러나 그렇다고는 해도, 소규모 인터넷 방송이다. 그 주인이 누군지 밝혀지는 순간, 그는 의문의 사고를 당할 것이 틀림없었다. 그렇게 되면 언론은 다시 원래대로 돌아간다. 여태까지 그래왔다.

그리고 SBN 기자는 이미 알고 있었다.

-시말서 쓸 각오해.

엘진의 비위를 맞추기 위해서, 더 나아가 파란마음 이사의 비위를 맞추기 위해서 자기 같은 현장기자 정도는 얼마든지 해고할 수 있는 곳이 SBN이라는 것을.

그런 그의 상황과는 별개로 한주혁은 굉장히 실망했다. 랭킹 5위이고 움직임이 굉장히 빠르다고 알고 있었는데 전혀 아니었다. 움직임이 허접했다.

심안을 통해 그녀의 움직임이 전부 잡혔다. 어떻게 행동할지. 어디로 움직일지. 다 예상이 됐다. 더 이상 살펴볼 필요도 없었다. 한국 랭커들의 실력. 이제는 대충 알겠다.

그래서 한주혁은 조금 더 열심히 주먹을 뻗었다. 조금 더 열심히 뻗은 주먹에 파란마음 이사는 제대로 도망치지 못했다. 주먹 두 방에 빨피가 됐다. 힐러진들이 황급히 힐을 쏟아 넣었다. 이곳에 모인 힐러진들 역시 최상의 엘리트집단. 파란마음 이사의 H/P가 금방 다시 차는가 싶었다.

하지만.

'치명적인 주먹.'

일반 평타가 아닌 치명적인 주먹 앞에 파란마음 이사는 결국 무릎을 꿇었다. 마지막까지 기회를 엿보던 그녀는, 정말 마지막까지 기회만 엿봤다.

파란마음 이사는 별다른 저항조차 하지 못한 채, 랭킹 5위라는 자존심에 먹칠하면서 검은 잿더미가 됐다.

–주먹 세 방에 녹음. 랭킹 5위가.

–절대악한테 이 정도는 이제 당연한 거 아님? 아까 못 봄? 스킬한 번에 십만씩 텅텅 썰려 나감.

–작은 스킬 한 번에 수천 명이 그냥 날아감. 이제 새롭지도 않다.

'데르앙 수성전'은 생각 이상으로 이슈화 되고 있는 중이다. 전투 한 번이 벌어지고 있는 와중에 JTBN의 접속자 수는 50만 명이 더 늘어나서 이제 250만 명에 가까워졌다.

한주혁에게 귓말이 들려왔다.

–주군, JTBN 플레이어들이 위협받고 있습니다.

살막의 수장. 요르한이었다.

-그 건은 네게 맡기겠다.

요르한은 그 말에 힘이 솟았다. 절대적인 힘을 가진 절대자
께서 자신을 믿는다고 말해줬다. 이 어찌 영광이 아닐 수가 있
으랴.

-믿어주시니 감사할 따름입니다. 제가 직접 움직이기보다
는, 살막을 동원하겠습니다.

-좋다.

장로들이 직접 움직이면 에르페스 제국이 움직일 수도 있
다. 요르한은 일선에서는 빠지기로 했다. 그 자신이 빠져도
그다지 위협이 되지 않는다고 판단했다.

'살수는 살수로 막는 법.'

주군께서는 용인술 역시 뛰어났다. 살수를 막는 것에는 살
수가 동원되어야 한다. 살수는 살수가 제일 잘 아니까. 그래
서 그들은 살수를 막아낼 수 있었다.

JTBN 기자들은 한숨 돌렸다. 살수의 공격이 있었는데, 어
딘가에 숨어 있던 살수들이 도와줬다. 절대악 소속. 살막의 살
수들이란 것을 알았다.

-와, 지금 JTBN 기자들 죽이려고 살수 동원된 거임?

-그래 봤자지. 절대악한테는 살막이랑 흑화당이 있잖아. 에르
페스 제국 2대 살수 단체를 다 가지고 있는데 뭘 어쩌겠음?

-그래도 저 정도 위치 되면 말단 기자들한테 누가 신경 써줌?

그냥 죽으면 죽는가 보다, 하는 거지. 저 정도 고급 살수들 동원하려면 돈도 많이 써야 할 텐데.

물론 돈 안 든다. 필요한 건 요르한의 절대적 충성심 정도. 일반 사람들은 그런 것까지는 캐치하지 못했다.

-와. 근데 진짜 쓰레기들이네. 기자를 죽여? 지들 처발리는 영상 안 내보내려고?
-공중파는 지금 파란마음이랑 절대악 붙은 거 보여주지도 않음. 뒤에 랭커들이 반격 준비하고 있는 모습만 보여주고 있음.
-에라이 퉤. 손바닥으로 하늘을 가려라.

동시 접속자 수가 250만에 달하고 있는 현 상황에서 뭘 어디까지, 얼마나 감추려는 건지. 그들은 답답해했다.

-어쩔 수 없음. 한국 3사 지분을 대연합들이 대부분 갖고 있는데 지들 불리한 영상 내보내겠음? 나라도 안 내보냄.

많은 사람이 비웃었다.

-그래 봤자 영상은 이제 미친 듯이 퍼질 거임. 랭킹 5위가 주먹 세 방에 녹았는데.

그건 새롭지도 않았다. 이제 랭킹 1위부터 4위가 남았다. 저 중에서 절대악이 가장 조심해야 할 사람은 아무래도.

-대마도사 라미안이 지금쯤이면 큰 마법 준비했을 거 같은데.
-시간이랑 병력만 충분히 있다면 랭킹 1위도 씹어먹는다는 대법사잖아. 시간을 너무 준 게 아닐까 싶은데.

대마도사 라미안이었다. 물론 일대일의 상황에서 대마도사 라미안이 절대악을 어떻게 할 수 있을 거라 생각하는 사람은 단 한 명도 없었다. 하지만 지금은 그렇지 않다. 많이 죽었다지만, 그리고 절대악의 움직임을 제대로 쫓지 못하고 있지만 랭커들을 돕는 약 9, 10만의 병력이 건재하고 있는 상황.

-라미안이 주도해서 대규모 중첩 마법진 펼쳐서 속박한 다음에 M/P족쇄나 H/P족쇄 사용하면 어떻게 됨?
-여태까지 라미안이 속박 실패했다는 건 단 한 번도 들어본 적이 없음. 오죽하면 속박의 대마도사라고 불리겠음?
-절대악이 그걸 모를 리는 없음. 근데도 랭커들 전부 발라 버리겠다고 호언장담함. 아무래도 나는 기저귀도 갈아입고 와야 할 거 같음. 팬티 다 버림. 절대악은 또 말도 안 되는 일을 저지를 게 분명함.

파란마음을 주먹 세 방으로, 평타 두 방에 '치명적인 주먹' 한 방으로 때려눕힌 한주혁은 고개를 돌렸다.

이쪽을 향해 몰려들고 있는 10만의 병력을 향해 말했다.

"이제부터 저는 랭커들 전부 칩니다. 방해 안 하면 안 죽입니다."

동원된 연합원들이야 무슨 죄가 있겠는가. 저 신귀족들이 문제지. 이제는 전부 학살하지 않더라도, 랭커들에게 가는 길을 뚫을 수 있다. 파천보법이 있으니까. 아까와는 상황이 조금 다르다.

'가만히 있지는 못하겠지.'

아무리 이렇게 말해도 저들은 자신을 공격할 거라는 걸 안다. 저들은 대연합에 속해 있는 입장이고, 대연합이 시킨 걸 해야 하는 회사원들이니까.

'대마도사 라미안도……. 이쯤이면 준비를 끝냈겠지.'

파란마음과 부딪치는 그 시점에서 이미 준비를 하고 있었을 거다. 뻔히 보였다. 어떤 마법을 준비하고 있을지.

한주혁에게는 두 가지 선택지가 있었다. 성으로 돌아가 수성격에 의지하며 수성전을 하든지. 약간의 위험을 감수하고 랭커들의 중심부로 들어가 랭킹 1위부터 4위를 도륙하든지.

둘 중 하나인데 한주혁은 후자를 선택했다. 뭘 해도 찔끔찔끔 여러 번 하는 것보다는, 임팩트 있게 한 번 하는 것이 좋다. 세상은 2등보다는 1등을 기억한다.

'강화된 파천보법이……'

라미안과 휘하 마법사들의 속박마법에 구속되지 않을 거란 믿음이 있었다. 이제 그는 절대악 전용 스킬이 어느 정도 사기급인지 알고 있으니까. 상대가 사기급의 마도사라 할지라도, 사기급의 히든 클래스라고 할지라도, '사기적'으로 따지면 한주혁 앞에 명함을 내밀 사람이 몇 없을 것이 틀림없었다.

'성좌쯤 되는 히든 클래스라면 모를까.'

강무석같은 레벨 60대 조무래기 말고. 진짜 강력한, 이를테면 레벨 130에 이른다는 비공식적 랭킹 1위. 그런 놈들이라면 모를까.

강무환이 착잡한 심정으로 앞을 쳐다봤다. 절대악이 다가오는 게 느껴졌다.

"전투 준비."

작전은 이미 정해져 있다. 절대악 한 명을 위해 랭커 4명에 수천, 수만 명의 지원병력이 붙어야 한다는 사실이 씁쓸하긴 했지만 어쩔 수 없었다.

강무환이 말했다.

"라미안 님은 준비됐습니까?"

"……예."

랭커들이 놈을 공격하면서 집중력을 흐트러뜨리고, 라미안 휘하 300명의 마도사들이 중첩마법을 사용한다면 길게는 아니어도 몇 초 정도는 속박할 수 있을 거다. 그때가 골든타임이 될 것이다.

"속박…… 할 수 있겠습니까?"

"저희는 단 한 번도 실패한 적이 없습니다."

그 상대가 심지어 로열패밀리의 수장, 태르민이라 할지라도. 그 말은 삼켰다.

라미안은 말로 표현하지는 않았지만 강한 자신감을 드러냈다. 상대는 그래봐야 한 명. 충분히 승산이 있었다.

라미안이 명령을 내렸다.

"마법진을 가동한다."

그와 동시에 절대악이 마법진 영역 내로 들어왔다. 건방지게도, 또 겁 없게도 혼자서 랭커들의 영역. 그것도 라미안의 중첩 속박 마법진 안으로 말이다.

한국을 이끌어가는 네 명의 절대자. 한국 랭킹 1위부터 4위까지의 플레이어들에게 한주혁이 말했다. 그의 말은, 절대자들에게 하는 말치고는 상당히 충격적이었다.

"너네, 혼날 준비는 다 됐냐?"

11장
세계 제일의 무력과
세계 제일의 금력

랭커들로서는 굉장히 모욕적인 말이었다.

"너네, 혼날 준비는 다 됐냐?"

강무환은 그 말에 대답하지 않았다. 곧, 대마도사 라미안과 그 휘하 속박팀 300명의 속박이 시작된다.

'속박만 되면 네놈도 끝이다.'

공성병기 라마다로 끝낼 수 있을 거라 생각했지만 혹시 몰라, 그 엉덩이 무겁다는 랭킹 3위 라미안을 데리고 온 거다. 속박만 되면 M/P족쇄와 H/P족쇄를 채울 거다. 천민은 천민답게. 노예는 노예답게. 개돼지는 개돼지답게. 그렇게 취급해 주면 될 것이다. 그게 신분에 어울리는 것이고.

한편, 라미안에게는 두 가지 선택지가 있었다. 두 가지 선택 중 한 가지를 선택해야 하는 상황.

'레벨 디텍팅.'

그의 특수한 스킬은 다른 이가 아무리 속이려고 해도, 무조건적으로 솔직한 레벨을 보여주는 특수옵션을 가지고 있다. 제우스가 인정하는 '100퍼센트의 통찰력'을 지니고 있으니, 레벨 치팅(레벨을 속이는) 스킬이나 아이템이 있다고 해도 무조건적으로 파악이 가능하다. 파악하기로 절대악의 레벨은 70.

'나보다 지능이 높을 수는 없다.'

여태까지 전부 지능에만 투자를 했다면 모를까.

'저 사기적인 능력은······. 스탯이 아닌 특수한 클래스와 특별한 스킬 덕분인 것이다.'

그의 생각은 완전히 틀렸다. 한주혁은 특수한 클래스와 특별한 스킬 덕분에 강한 게 아니라, 기본적으로 스탯이 너무 높아서 강한 거다. 어쨌든 제3자의 입장에서는 그렇게밖에 생각할 수 없었다.

'내 지능 특화로 속박마법진을 펼치면······.'

그게 만약 성공한다면 절대악은 필패다. 무조건 제압이 가능하다. 다만 제약이 있다. 라미안의 지능 특화로 속박마법진을 펼치면, 상대가 라미안 자신보다 지능이 낮아야 한다. 자신보다 지능이 낮은 적을 상대로, 300명의 마도사와 함께 오랜 시간 속박주문을 걸 수 있다. 이게 첫 번째 선택지다.

반대의 선택지도 있다.

'대단위 지능 특화로 한다면······.'

그러면 300명의 지능을 모두 합친 것의 절반. 그게 기준점으로 작용한다. 적의 지능이 '300명 지능의 절반 수준'을 초과한다면 속박에 걸리지 않을 것이고 '300명 지능의 절반 수준'보다 낮다면 속박에 걸린다. '300명 지능의 절반 수준'이라함은 150명의 지능을 모두 합친 정도. 상식적으로 그건 불가능하다. 다만, 속박시간이 짧다.

'내 지능 특화로면······.'

아주 만에 하나. 정말 희박한 확률로 속박이 걸리지 않을 수 있다. 하지만 일단 걸리면 속박시간이 매우 길다. H/P족쇄와 M/P족쇄를 전부 채울 수 있을 거다.

'100퍼센트 제압 가능. 대규모 지능 특화면······.'

그러면 아주 만에 하나. 정말 희박한 확률조차 사라지게 된다. 속박은 무조건 걸린다. 하지만 속박 시간이 짧아서 H/P족쇄와 M/P족쇄 채우는 것에 실패할 수도 있다. 그는 결단을 내렸다.

'속박한다 하더라도 H/P족쇄와 M/P족쇄를 채우지 못하면 의미가 없다.'

속박에 실패하면 제아무리 랭커들이라 할지라도 절대악에게 몰살당하는 것은 틀림없는 사실이다. 랭커들도 그 사실을 이미 알고 있다. 빠른 속도 위주의 5위 랭커를 주먹 세 방에 때려눕혔다. 그 데미지는 말할 것도 없고, 랭킹 5위를 쫓아갈 수 있는 보법까지 가지고 있다는 뜻. 라미안은 지금까지의 경험과 상식, 연륜을 토대로 결정을 내렸다.

'내 지능 특화로 간다.'

대마도사 라미안과 300명의 마법사들이 '라미안 지능 특화 대규모 중첩 속박 마법진'을 펼쳤다.

–스킬. 대인 속박 중첩 마법진을 활성화합니다.

–마도사들의 마나가 전해집니다.

–마도사들의 마나가 시너지 효과를 일으킵니다.

발밑에 거대한 원이 생겼다. 각종 마법 문양이 새겨져 있는 마법진. 마법진에서는 하얀색 빛기둥이 뿜겨져 나왔다.

한국 랭킹 1위. 강무환은 검을 든 채 절대악의 움직임을 놓치지 않았다.

'속박이 걸리는 그 즉시.'

시간을 끌면 안 된다. 절대악이 어떻게 벗어날지 모르니까. 바로 M/P족쇄와 H/P족쇄를 채워야 한다. 그것만이 살길이다.

속박이 걸리지 않을 거란 상상은 하지 않았다. 라미안은 태르민을 상대로도 속박에 성공한 적이 있다. 지속시간이 1초도 되지 않았다는 게 문제지만. 그때와는 상황이 다르다. 라미안은 그때보다 더 성장했고, 그 휘하에 300명의 마도사들이 있다. 속박에 실패할 가능성은 거의 없다고해도 됐다.

라미안에게 알림이 들려왔다.

—지능의 비교우위를 산정합니다.
—상대의 지능을 파악하여 신체를 구속할 준비를 끝마쳤습니다.

여태까지는 항상 성공이었다. 단 한 번도 실패한 적이 없다.

—상대의 지능을 파악합니다.

라미안은 순간 긴장했다. 아주 희박한 확률. 그러니까 움직임이 굉장히 빠른, 다시 말해 민첩에도 상당히 투자를 많이 했을 것이 분명한 레벨 70짜리 절대악. 그갸 자신보다 지능이 높을 확률? 별로 없다. 아니, 거의 없다. 이런 걱정을 하는 것조차 원래는 우스운 일이었다. 상대가 절대악이니까. 그래서 이런 쓸데없는 걱정을 하고 있는 것이다.

—상대의 지능이 라미안 님의 지능보다 높습니다.
—대인 속박 중첩 마법진의 활성화가 취소됩니다.
—속박에 실패하였습니다!

그와 동시에 한주혁이 파천보법을 사용하여 미끄러지듯 라미안에게 다가왔다.

"혼날 준비 하랬더니 왜 쓸데없는 짓을 해?"

꿀밤을 때렸다. 대마도사 라미안은 그 꿀밤에 시체행. 거의 모든 스탯을 지능에 투자하다시피 했던 대마도사 라미안의 죽음은 허탈하다 못해 허망할 지경이었다. 그다지 힘을 들이지 않은 맨손 평타 한 방에 검은 잿더미가 됐다. 겨우 랭킹 3위 마도사에게는 절대악의 꿀밤을 버틸 맷집이 없었다.

라미안과 마나로 연결되어 있던 300명의 마도사들이 '컥!' 소리를 내며 일제히 무릎을 꿇었다. 일종의 마나 역류현상. 상당히 커다란 충격이 그들의 몸을 강타한 것이다.

"남의 집에 쳐들어와서 집주인이 도둑들 쫓아내는데, 왜 내가 욕을 먹어야 하냐?"

한주혁도 공중파에 대해서 안다. 대연합에 불리한 사실들은 전부 빼버리거나 교묘하게 편집할 것이고, 자신과 관련된 사항은 악의적으로 과장하거나 선동할 것이다. 어쩔 수 없다. 여기는 한국이고, 한국을 지배하는 대연합이 한국의 언론까지도 장악하고 있으니까.

"다 뒈졌어."

강무환은 허탈해졌다. 공성병기 라마다 작전도 실패했고 라미안의 속박도 실패했다. 다시 속박을 노릴 기회도 사라졌다. 공격 같지도 않은 꿀밤 한 방에 랭킹 3위가 녹았다.

'미친놈.'

근 20년을 한국의 절대자로 군림해 오면서 저런 괴물은 처음, 아니, 두 번째로 본다. 태르민을 제외하고 저런 놈이 또 나타나다니.

강무환이 연합채팅을 통해 말했다.

－전원 전투에 참여한다.

그에게는 아직 10만의 병력이 남아 있다. 10만으로 일단 시간을 벌고 뒤로 빠져야 했다. 한주혁도 그걸 느꼈다. 10만 명이 몰려들면 한주혁으로서도 피곤할 수밖에 없다. 결정해야 했다. 어쭙잖은 동정이냐, 아니면 결단이냐.

저들에게는 저들의 사정. 그러니까 신성과 엘진의 명령을 받들 수밖에 없는 사정이 있다는 건 알지만, 이쪽에게는 이쪽의 사정도 있다.

'어쩔 수 없지.'

어쨌든 저들도 적인 건 확실했다. 그래서 그는 또다시 궁극기를 사용했다. 그래서 10만이 또다시 녹아내렸다.

랭커들은 어찌어찌 아수라 파천무의 영향에서는 살아남았는데, 이어지는 백참격과 천참격을 견뎌내지 못했다. 그 규모로 봤을 때, 또 전투에 참여한 면면들로 봤을 때 지나치게 황당하고 말도 안 되는 결과가 초래됐다.

1대 20만의 전투. 이름하여 '데르앙 수성전'은 절대악의 압도적인 승리로 끝이 났다. 한국 랭킹 1위부터 5위까지는 전멸. 신진 연합군 약 20만 명이 전멸되다시피 했다. 절대악 측 피해 전무.

이때 JTBN 접속자 숫자가 드디어 250만을 돌파했다. 다만 약간의 문제가 있었다.

　-아놔. 방금 뭐임? 왜 또 노이즈꼈어?
　-뭔가 궁극기 같은 게 있는 모양임. 그거 사용하면 촬영을 못하게 되는 거 같은데.
　-왜 정작 중요한 장면은 안 보여주는 거임?

아수라 파천무. 엄청난 능력을 발휘하는 절대악의 궁극기로서, 스킬 한 번에 10만 명을 녹이는 어마어마한 능력을 자랑하지만 그에 따라 촬영기기에도 악영향을 끼쳐 촬영이 안 된다는 게 문제였다.

　-이유는 모르겠는데 데르앙 수성전은 절대악이 올킬한 거지?
　-맞음. 보면 나오잖아.

믿기 힘들지만 그랬다. 정말 믿을 수 없지만 현실이 그랬다.

　-뭔 놈의 현실이 드라마보다 더하냐?
　-내가 먼치킨 소설이나 영화 좋아하는데. 말도 안 되는 쥔공 강함 때문에 그런 거 보는데……. 그게 현실보다 덜했네. 현실이 더하다. 역시 악느님이다.

－근데 공중파에서는 그냥 퇴각했다고만 나오는데?

－개소리 좀 하지 말라 그래. 어떻게 그런 대단위 인원이 갑자기 퇴각을 해? 잿더미 안 보임?

－모름. 여튼 그렇게 주장함. 절대악이 더럽게 치졸한 수를 썼고 어쩔 수 없이 퇴각해야 했다나 뭐라나. 절대악이 아카데미 학원생들이랑 하청 플레이어들 인질로 잡고 협잡질을 했다던데.

－아! 그 새끼들은 도대체 왜 저러는지 몰라. 언론 맞냐? 뭔 시바, 맨날 대연합 똥꼬 빠는 데만 미쳐 가지고.

－공중파 새끼들이 원래 그렇지 뭐. 이제 난 공중파 뉴스 안 본다. 대세는 JTBN이지.

－퇴각이든 뭐든. 어쨌든 데르앙 수성전은 절대악이 올킬한 게 맞음.

1 대 20만의 전투는 한주혁의 완벽한 승리로 끝이 났다. 두고두고 회자될 데르앙 수성전의 명언. '일단 좀 맞자'와 '혼날 준비는 다 됐냐?'라는 두 가지 명언을 남기면서 말이다.

SBN 이상호 기자. 올림푸스 닉네임으로 '다본다'는 해고 통보를 받았다. 파란마음 이사가 절대악에게 밀려 도망치는 모습을 실수로 카메라에 담아 업로드했기 때문이다. 정말 실수였다. 잘못 업로드했다. 그때 아무래도 뭔가에 홀린 것 같았다. 정신계 마법 스킬에 당했다든지.

어쨌든 그때의 일은 불가사의하다고밖에는 표현할 수 없었다. 뭔가에 홀린 듯 그냥 영상 송출버튼을 눌러 버렸으니까.

이럴 줄은 알았다.

'제기랄.'

그래도 이렇게 빨리 해고 통보를 해버릴 줄이야. 그리고 분노했다. 자기가 실수한 것은 맞지만 또 그렇게 어마어마한 실수를 한 것 같지도 않다. 없는 장면 조작해서 만들어낸 것도 아니다.

'엘진의 그 이베 개새끼는 미성년자들을 상대로 그 짓을 벌여도 떵떵거리면서 잘 사는데.'

그는 안다. 엘진의 섹스 스캔들은 거짓이 아니다. 조작되지도 않았다. 이미 알 사람들은 다 안다. 근데 그는 기자로서의 본분을 조금 충실했기로서니 해고됐다.

더욱 문제는 그 어떤 방송사에서도 그를 받아주지 않는다는 것이었다. 이것은 엘진의 보복이라 할 수 있었다. 감히 대연합 엘진의 치부를 밖으로 보여줬다는 것. 신귀족의 체면을 깎아내린 것에 대한, 서민을 향한 복수의 칼날이었다.

'SBN에 10년을 충성했건만.'

그랬건만 이렇게 짤렸다.

'인생 참 좆같다.'

예상은 했지만 그 예상이 현실로 돌아오자 너무 참담해졌다.

'결국……'

그에게 남은 선택지는 하나였다. 그는 전투 클래스가 아니다. 그가 할 수 있는 것이라곤 기자로서의 일뿐이다. 그게 아니면 지금 다시 캐릭을 지우고 새로 만들어야 한다. 그것도 아니면, 현실에서 아르바이트를 하든지.

'JTBN으로 간다.'

SBN을 후회하게 만들어주고 싶었다. 10년 동안 충성했더니 돌아오는 거라곤 문자 해고통지. 그냥 해고도 아니고, 다른 곳으로의 취직도 불가능하게 만들어버린 인사보복. 너무 불합리했다. 신귀족들은 뭘 해도 다 용서받는 세상. 유전무죄, 무전유죄가 되는 더러운 세상. 적어도 지금의 그는 분노에 불타올랐다.

'다본다'가 데르앙으로 향했다. 그곳으로 가면 JTBN 기자들을 만날 수 있으니까. JTBN 기자 한 명을 만났고 그것을 통해 떠오르는 언론인. 동시접속자 250만 명에 달하는 엄청난 기록을 세운 JTBN 연합장인 손석기를 만날 수 있었다.

"JTBN에 입사하고 싶습니다."

놀랍게도 손석기는 그를 이미 알고 있었다.

"SBN의 다본다 기자님이시군요."

상당히 대단한 정보력이라 할 수 있었다. 손석기는 이미 모든 정보를 다 알고 있는 것 같았다.

"상황을 모두 아실 테니 본론부터 얘기하겠습니다."

손석기는 이미 다본다가 찾아올 거라는 가능성을 열어두고 있었다. 절대악에게 전해 들었다. 자신을 촬영하고 있는 것 같은 마력 흐름이 느껴졌고 따라서 최대한 컨트롤하여 그를 살려뒀다고. 아마도 기자 중 한 명일 거라고 말해줬다.

그래서 손석기는 정보망을 가동했고 그가 이번에 SBN에서 퇴출당한 이상호 기자라는 것도 알아냈다.

손석기가 잠깐 말을 끊었다.

"제가 방법은 확인할 수 없으나 절대악의 궁극기를 담은……. 촬영장면을 가지고 있을 것이라 짐작합니다. 그것도 근접거리에서 찍은 장면을요. 물론, 절대악께서 허락했기 때문에 가능했던 것이지만."

어쩌면.

"공중파에서는 절대 부정하고 있고 말도 안 되는 헛소리라 치부하고 있는 가설 아닌 가설. 랭킹 1위부터 5위의 몰살장면이 찍혀 있을지도 모를 일입니다. 병력 10만 명이 사망하는 장면까지도. 제 말이 맞습니까?"

신성과 엘진이 모든 정보력을 동원했다. 강무환이 말했다.

"영상 기록이 아예 없다는 것이 확실한가?"

"현재로써는 그렇습니다."

촬영이 불가능했단다. 그 눈에 거슬리는 소규모 인터넷 방송인 JTBN 역시 영상을 제대로 송출하지 못했단다.

'JTBN에서도 방송을 하지 못했어.'

정보력을 총동원하여 살펴본 결과. JTBN은 물론이고 그어느 기자들이라 할지라도 당시의 상황. 그러니까 절대악에게 한국의 정신적 지주(물론 신진 연합이 생각하기에 정신적 지주다)들이 몰살당하는 상황을 찍지 못했단다. 절대악의 그 말도 안 되는 위력을 가진 스킬이 영향을 끼친 것 같았다.

강무환이 결단을 내렸다.

"절대악의 비겁한 행동으로 인해 우리는 병력을 뒤로 물릴 수밖에 없었던 것이다."

공중파에서는 이러한 내용을 중점적으로 다뤘다.

―절대악. 대한민국의 국민들을 상대로 선전포고.

―학살자 절대악. 힘을 올바르지 못한 곳에 사용. 대연합장들 유감을 표명.

천세송은 화가 났다. 한세아와 곧잘 만나는 카페에서 수다꽃을 피웠다. 그마저도 아주 작게 말했다.

"언니, 기사랑 뉴스 봤어?"

"절대악이 하청 플레이어들 전부 죽여 버리겠다고, 신성이랑 엘진 관련된 플레이어 전부 학살할 거라는 거? 그래서 신진이 연합군을 물리고 일단 휴전 상태를 취했다는 거 말하는 거지?"

모든 언론에서 그렇게 얘기했다. 천세송은 답답해했다.

"근데 많은 사람들이 그걸 믿는다니까?"

한주혁이 풀카오인 것도 맞고 학살자인 것도 맞다. 아무리 잘 쳐줘도 풀카오는 풀카오. 언론이 학살자로 묘사하자, 마치 학살자인 것처럼 보였다.

천세송은 인상을 잔뜩 찡그렸다.

"그리고 그 자리에서 몰살당했으면서 무슨 뒤로 병력을 물려. 바보들 아냐? 경험한 사람이 10만 명이 넘는데. 우리도 다 보고 있었는데. 저런 거짓기사들을 사실인 것처럼 막 얘기할 수가 있어?"

한세아는 그런 천세송을 보면서 문득 귀엽다는 생각이 들었다. 물론 사기적인 외모가 열일하고 있긴 하지만.

"신성이랑 엘진이 마음먹으면 언론 휘어잡고 여론몰이하는 게 일도 아니라는 것을 보여준 거지 뭐."

"언론이 뭐 그래?"

"그러게나 말이야."

그렇게 수다꽃을 피우고 있을 무렵, JTBN에서 특종이 떴다. 현재 언론들이 보도하는 것들에 대하여 절대악이 정면으로 반박했다.

JTBN에 또다시 접속자들이 폭증하기 시작했다.

JTBN이 공개한 영상. 그것은 하나의 센세이션을 일으켰다. 영상 속 절대악은 랭킹 1위부터 5위까지 별로 힘들이지 않고 모두 무너뜨렸다. 단순히 무너뜨린 정도가 아니라 완전히 묵사발을 내버렸다.

 -저거 평타 아님?
 -평타로 랭커들을 갖고 노네.

그냥 평타는 물론이거니와.

 -스킬 한 방에 강무환 죽음.
 -한국 랭킹 1위 개굴욕.

절대악의 반달 스킬에 한국 랭킹 1위가 그 한 대를 못 버티고 죽었다. 절대악을 공격하던 10만의 병력은 괴물 같은 궁극기. 아수라 파천무의 영향권 내에서 전부 사망했다.

 -와. 대마도사 라미안은 그냥 평타 한 방이네.
 -라미안 체면 엄청 구겼을 듯· 속박 실패 이번이 처음인데.

JTBN을 통해 진실이 방영되었다. 수많은 사람이 욕했다.

-절대악이 비겁한 수를 써서 병력 물렸다며?
-병력 물린 게 아니라 그냥 개발렸는데?
-완전히 개구라로 보도한 거네.

한국 3사. 대표적인 공중파 3사가 대연합들의 편이고, 대연합들의 입김에 따라 움직인다는 것은 한국인들 모두가 암묵적으로 알고 있던 상황. 그러나 그것을 암묵적으로 아는 것과 이렇게 대놓고 아는 것은 얘기가 완전히 다르다.

-국민들을 위한 선택이었다며?
-절대악이 국민들을 인질로 잡고 흔들어서 어쩔 수 없었다며?

그들은 분명히 그렇게 발표했다. 절대악이 신성. 그리고 엘진과 조금이라도 관련이 있는 힘없는 플레이어들을 전부 도륙하겠다고. 에르페스 제국 2대 살수 단체와 앱솔루트 네크로맨서들을 풀어서 전부 죽이고, 심지어는 자라나는 학생들, 그러니까 아카데미를 습격하여 아카데미의 어린 학생들도 계속해서 죽일 거라고 보도했었다.

그런데 그게 완전히 거짓말이었던 셈이다.

-아카데미를 지키기 위해서 병력 물렸다며?

영상 하나로 상황이 뒤바뀌었다. 마치 공중파에서 이렇게 나올 것이란 것을 예상하고서, '그럴 줄 알고 이걸 준비했지!' 라고 되받아치는 것 같은 모양새가 되었다.

-그러니까 지금, 지들이 완전히 처발리고 나서 쪽팔리니까 절대악한테 더러운 오명 뒤집어씌우고 퇴각했다고 거짓말한 거지?
-풀영상을 10번 넘게 봤는데 절대악이 그런 말 한 적 없음.

그리고 몇몇 영상들이 공개됐다. 펫인 루펜달이 한주혁을 졸졸 따라다니면서 촬영했던 영상들. 그리고 한주혁 스스로가 촬영했던 영상들이었다. 그 영상들이 말하는 바는 하나였다. 힘없는 플레이어들은, 어지간한 이유가 아니고서는 죽이지 않는다. 먼저 치지 않으면 안 친다.

-와 대박. 왼손 들고 있으면 진짜 안 치네.
-먼저 안 치면 안 친다는 것도 사실이고.
-이렇게 앞뒤 전후 사정 다 살펴보면 결국 절대악을 먼저 친 건 언제나 연합 쪽이었고 절대악은 연합한테 반격만 했네.

한국 3사를 향한 비난 여론이 쇄도했다. 한국 3사 회의실에서도 난리가 났다.

"이 무슨 난리냐! 분명히, 분명히 모든 촬영장치가 고장 났다고 하지 않았나!"

보도국장은 물론이고 사장들까지 분노했고 이 상황을 어떻게든 모면하고 싶었으나 증거가 너무 완벽했다.

"일을 어떻게 해 먹는 거야! 이 미친놈들아!"

사실 기자들은 죄가 없다. 죄가 있다면 이렇게 보도를 내라고 직접 명령한 강무환에게 있다. 그러나 강무환에게 뭐라 할 수는 없지 않은가. 강무환은 한국을 이끌어가는 절대자. 살아 있는 전설. 누가 뭐라 해도 귀족계층 아니던가.

귀족. 강무환이 입술을 깨물었다.

'설마 이때를 기다리고 있던 건가.'

마치 대연합들이 이런 식으로 발표할 것을 예측이라도 한 것처럼 움직이고 있지 않은가. 그때의 영상. 일부러 숨겨놓고 있다가 공중파의 발표가 있자 발 빠르게 움직였다.

'뒤통수를 맞은 건가.'

그렇게 생각했는데 그건 또 아닌 것 같다.

"촬영 위치. 앵글 등을 종합해서 고려해 보면……. 이 영상은 저번에 해고당한 SBN의 이상호란 기자가 촬영한 영상이 틀림없습니다."

"이상호?"

신상은 파악했다. 귀족에게 누를 끼쳤다. 당장에라도 사형을 내리라고 말하고 싶었다. 하지만 아직까지 대한민국은 민주주의 사회. 그에게는 사형을 내릴 권리가 없었다.

"신상을 정확하게 파악하도록."

지금 당장은 힘들다. 당장은 힘들지만 언젠가, 귀족의 명예를 더럽힌 그 추잡한 천민을 죽여 버리리라 다짐하고 또 다짐했다.

'절대악……!'

책상을 쾅! 내려쳤다. 기자도 죽이고 싶지만 절대악은 더욱 죽이고 싶다. 절대악이 JTBN 채널에 모습을 드러내고 이렇게 말했다.

—신성과 엘진이 이렇게 급작스럽게. 그냥 가용 가능한 모든 병력을 끌고 온 이유가 뭐였을까요?

그 이유는 강무환이 더욱 잘 알고 있다. 비자금. 그리고 불법으로 축적한 재산들.

—행정직 NPC들이 그 이유를 알 것 같다고 하는데.

강무환은 신경질적으로 일어서서 모니터를 집어 던졌다.

"제기랄! 이 씨발새끼를!!"

그답지 않게, 육성으로 욕을 내뱉었다. 신상을 알기라도 하면 지금 당장에라도 사형선고를 내릴 텐데. 이 용의주도한 새끼는 도대체 누군지 알 수가 없었다.

'갑자기 힘이 생겼고 돈이 생겼는데. 그걸 안 써?'

천민이 어떻게 그럴 수 있지? 갑자기 돈이 생긴 졸부들은 돈을 미친 듯이 펑펑 쓰고 다니면서 흔적을 남겨야 하는데.

천민 중에서, 그나마 성공한 천민인 7번 성좌를 제외하고는 갑자기 부를 쌓은 천민을 도대체 찾을 수가 없었다.

'도대체 누구냐?'

찾아야 했다. 반드시. JTBN의 영상. 한국의 절대자들이 절대악에게 썰려 나가는 그 영상은 전 세계적으로 공유됐으며 현재 시점에서 3억 뷰를 돌파했다.

　

무역도시 데르앙에 손님이 찾아왔다. 절대악을 만나고 싶다고 했는데, 손님이 누구인지 알게 된 한주혁이 직접 그를 맞이했다.

"오랜만에 뵙습니다."

"절대악께서 큰일을 벌이셨더군요."

손님의 이름은 란돌. 세계 최고 갑부들 중 하나.

"그쪽 대륙에서 이쪽으로 넘어오는 것이 정말 어렵다고 들었는데……. 오셨군요."

대륙 간 이동을 하기 위해서 엄청나게 큰돈을 들여야 한다고 알고 있다. 정확하게는 모른다. 다만, 엄청난 단위의 돈을 움직여야 한다는 것만 대략적으로 안다.

란돌이 절대악을 찾아온 이유는 간단했다.

"저는 예전부터 한국과 거래를 하고 싶었습니다. 그러나 쉽지 않았죠."

한국 정부가 '낙수효과'를 이유로 대연합 육성 정책을 사용하면서, 대연합에 조금이라도 위해가 가해질 수 있는 그 어떠한 요소도 받아들이지 않았기 때문이다.

"한국은 교육 인프라가 매우 뛰어나며 훌륭한 인재를 키울 수 있는 여러 가지 요건들이 구비되어 있습니다."

비록 자원도 없고 내세울 것 없는 두 개의 대륙을 가지고 있지만, 그럼에도 불구하고 수많은 인재들이 배출되었다. 인구도 겨우 5천만밖에 안 되는데. 열악한 환경임에도 불구하고 세계 10위권의 경제대국이 되었다.

"제가 알기로 한국은 신분의 계급이 없다고 알고 있습니다."

원래대로는 그런데 란돌이 보기에는 달랐다. 그들의 세계에는 분명히 신분이 있었다. 그것도 나쁜 의미로의 신분제도.

"그 신분의 최상층부가 바로 대연합 일가. 그들의 반대로 인하여 저희는 한국 쪽과 거래를 틀 수 없었습니다."

"왜 반대했죠?"

"저희와 직접적으로 계약을 하게 되면 몬스터 스톤의 가격이 합리적으로 내려갈 것이 분명하기 때문입니다."

몬스터 스톤의 가격이 내려간다? 그건 곧 대연합의 수익이 줄어든다는 얘기다.

"몬스터 스톤이 합리적인 가격으로 공급이 된다면, 모든 사람의 경제적 자립도가 높아질 수 있습니다."

현시대의 대연합은 의도적으로 그걸 막았다. 국민들, 다시 말해 천민 개돼지들은 대연합에 더 이상 목을 매어야만 하니까. 그래야만 귀족으로 군림할 수 있으니까.

"보아하니 절대악께서는 대연합의 눈치를 전혀 보지 않는 것 같군요. 그럴 만한 힘도 있고."

중동의 대부호. 란돌 왕자와 절대악의 거래가 성사됐다. 그들이 정확하게 무슨 계약을 했는지는 알려지지 않았다. 다만, 란돌 왕자가 절대악의 후견인이 되어 절대악을 물질적으로 후원한다는 소식이었다. 말하자면 일종의 스폰서.

과거 SBN 소속 이상호 기자. 지금은 JTBN 소속의 기자 '다본다'에게는 현실에서 경호인력이 붙었다. 상황을 파악한 란돌이 경호인력을 보내줬다. 란돌의 경제력은 거의 무한에 가까웠고, 거래를 위한 워프 포탈을 뚫기 전까지 란돌은 절대악이 요구하는 거의 대부분의 조건을 수용하기로 했다.

란돌이 이렇게 말했다.

"제3자의 입장에서 봤을 때, 한국의 경제구조는 지나치게 재벌에게 의존하고 있으며 재벌에게 특화되어 있고, 또 재벌을 위한 구조입니다."

그 부분에서 란돌은 조금 화가 난 것처럼 얘기했다.

"권력의 상층부에 있는 이들은 그 권력을 가지고 저희들의 배를 불리기에만 급급하고 있습니다. 저희들을 스스로 귀족이라 칭하고 스스로를 귀족이라 생각하지만, 귀족으로서의 권리만 가질 줄 아는 현 상황. 귀족은 그 권리만큼, 아니, 그보다 더욱 큰 귀족으로서의 의무를 지녀야 한다는 자각이 없는 것 같습니다. 그에 대한 분노가, 제가 절대악을 후원하는 한 가지 큰 이유이기도 합니다."

그 사실에 국민들은 열광했다. 특히나 JTBN 접속자들이 더욱 그랬다.

-와. 대박. 세계 제일의 무력과 세계 제일의 금력이 만난 거네.

-절대악이 지금 한국계 대연합들 버리고 외국계 글로벌 대연합이랑 손잡은 거?

-정확한 건 모르겠는데 단순히 동맹 같은 느낌은 아닌 거 같은데. 뭐지?

-절대악이 한국 대연합들에 환멸 느끼고 진짜 뒤집어엎으려는 거 아님?

전에는 그냥 루머였는데. 이제 진짜 할 수 있을 거 같다. 진짜로 한국 대연합들을 깡그리 뒤집어엎을 수 있을 것 같은 기분이 들었다.

-솔직히 대연합 키우면 서민들도 전부 잘살게 될 거라는 낙수효과 따위 없는 거 이제 모두가 아는 거 아님?

-차라리 대연합 부수고 기존의 재벌체재 다 때려 부수고 다시 시작하는 게 나을지도 모름. 이번에 언론들만 봐도 개쌕었다는 걸 알 수 있는데. 차라리 뒤집어엎는 게 나을 거 같음.

-와, 다음 절대악 행보가 어떨지 개궁금하다.

한주혁은 거기서 멈추지 않았다. 데르앙의 문서 정리가 거의 끝났다. 저쪽이 이쪽을 쳤다? 이쪽은 더 세게 쳐줄 준비가 되어 있다. 150년간의 평화. 다시 말해 대연합들에게만 평화의 시대를 끝낼 때가 된 거다.

JTBN을 통해 한 가지 사실이 더 발표되었다. 한주혁도 이 순간에는, 그 발표로 인해 한국이 발칵 뒤집어질 거라는 건 예상하지 못했다.

to be continued